小説　ロボジー

矢口史靖

集英社文庫

小説　ロボジー　目次

小説　ロボジー

シーン1　ロボット、宙を飛ぶ

一

「……絶対、間に合わない。間に合うはずがない。ああ、もうおしまいだチクショウ！」

ギュッとひそめた小林弘樹《こばやしひろき》の眉間《みけん》を、冷や汗が一筋流れた。木村電器の倉庫棟にある一室、小林はパソコンに向かった姿勢のままで悪夢にうなされていた。

だだっ広く薄汚れた室内には、下取りや修理、交換で引き取られた自社製品のスクラップが雑然と詰めこまれている。倉庫とは名ばかりで、

「これはどう見ても〝粗大ゴミ置き場〟だろ」

と、初めて来たときは思ったものだ。

この作業場に島流しになってから、二ヶ月と三週間が経《た》っていた。壁から縦横に伸びた洗濯ひもでは、いつからそこにあるのかわからない洗濯物がひからびており、あたり

に散らかったカップ麺《めん》やコンビニ弁当のゴミが、ゴキブリたちのペントハウスと化している。

ゴミ部屋の谷間でつかの間の眠りをむさぼっていたのは、小林だけではない。太田浩二《おおたこうじ》はハンダごてを握りしめたまま、だらしなく太った体をソファに預けていびきをかいていた。鳥の巣のような天然パーマに、ハンダごてから上がった煙が絡みついている。もう一人、胸板は薄っぺらいのにひょろりと背丈だけはある長井信也《ながいしんや》は、工作用ボール盤の前で作業途中のまま立ち寝をしていた。

さわやかな朝だというのに三人とも顔は土気色《つちけいろ》で作業服にはじんわりと脂汗がしみこみ、全身からムッとするほどの体臭が立ちのぼっていた。疲労と睡眠不足と不衛生のかたまりだ。いったいどれくらいアパートに帰っていないだろうか、どれくらい風呂に入っていないのだろうか。そして、「この仕事」は本当にゴールにたどりつけるのだろうか。不快な気持ちと心配ごとが脳内をぐるぐるとめぐり、小林はレム睡眠のなかにいながら、精神を痛めつけられていた。

小林は木村電器に勤め始めたばかりの新入社員だ。同社は「白モノ家電」と呼ばれる冷蔵庫、洗濯機、エアコンなどを製造・販売している、中堅にはちょっと届かない電器メーカーである。

あれは二ヶ月と三週間前、小林がエアコンのICをプログラムする部署に就き、研修を受けていたある午後のこと。なんの予告もなく、木村社長が部屋の扉を開けて入ってきた。小林は「あ、カピバラ」と危うく口に出しそうになった。カピバラが二本足で立ってスーツを着たら、きっと社長のような風貌《ふうぼう》になるだろう、といつも先輩たちとネタにしていたからだ。

社長は内心であわてている小林に気付くふうもなくズカズカと近付いてくる。小林は反射的に椅子《いす》から立ち上がったが、もともとかなり小柄なので立っても座ってもたいして変わらない。間近に見る木村は鼻息も荒く、眼鏡《めがね》の奥の小さな目をキラキラ輝かせていた。

「ん、小林君だな。今日から異動だから」

「はい……？」

面食らった。まさか、冗談ですよね？　半笑いの顔で室内を見回したが、小林に同調してくれる社員はいない。何人かの先輩社員はそれどころか〝かわいそうに。あきらめな〟とばかり顔まで伏せていた。

小林はまだ入社して間もないので知らなかった。

社長は典型的な〝思いつき行動タイプ〟だ。一見温厚そうな見た目にだまされてはいけない。名案を思いつくと、すわとばかり現場に駆けつけ、作業している人間に直接指示する。あとで担当者が「そんなの聞いてないよ！　他とのすりあわせはどうするの!?」という困った事態になる。しかも自分が指示したことなどすっかり忘れて「やっぱり最初のほうがよかったんじゃない？」と言い出すこともしばしば。過去、これで泣かされた社員は数知れない。とはいえ本人にはまったく悪気がないのでまたやっかいなのだ。往々にして企業のトップなんてそんなものかもしれないが、うむを言わせず周りを巻きこんで邁進《まいしん》するパワーが、木村電器をここまで大きくしたのも確かである。小さいながら木村電器は、ここ牧田市《まきたし》では一応は有名企業の一つに数えられていた。

「ほら、さっさと荷物をまとめて」

社長が子どもをせかす母親のように言った。小林は拉致《らち》されるようにそのままひっぱり出され、社内を端から端に横断すると、存在だけは知っていたがほとんど覗《のぞ》いたことのない倉庫棟の二階にたどりついた。

とある扉の前に連れてこられた瞬間、小林は自分の目を疑った。そこには『ロボット開発部』と書かれた簡素なプレートが掛けられていたのだ。古ぼけた鉄の扉に、プレートだけが新しい。

バーン！　と、社長は突き飛ばすように扉を押し開けた。中にいた二人の男がはっと身構えるようにこちらを振り返る。小林と同じ木村電器の制服を着ていたが、知らない顔だ。

「エアコン部門からこっちに移る小林君だ。これでメンバーは揃ったな。あとはよろしく頼む」

　そう言い残し、社長は去っていった。滞在時間、約十五秒。

　身に覚えのない罪で投獄された囚人のように、小林は先客の様子をうかがった。背の高い痩《や》せた男と天然パーマも暑苦しい太った男が不愉快そうな顔で見返してくる。二人ともオシャレとは縁遠い眼鏡を掛けていた。小林は恐るおそる聞いた。

「あの……すいません、ちょっと今、突然連れてこられちゃってよく分かってないんですけど……これどういうことなんですか？」

「ドアに書いてあったの、見たでしょ？」

　ノッポの男が答えた。なぜか憐《あわ》れむような目つきをしている。

「見ましたけど……ははは。まさか、ね」

　すると小太りの男がすごい形相《ぎょうそう》でにらみつけてきた。

「まさか？……なんだよ。その先言ってみろ」

「いえ……」

　小林は身をすくめた。それが太田と長井との出会いだ。

二

ひょっとして、この二人は別の企業からヘッドハンティングされた優秀なロボット技術者で、自分も知らずしらずその才能を見出《みいだ》されたのかも……。と、小林は一瞬、妙な幻想を抱《いだ》いた。曖昧《あいまい》な薄笑いまで浮かぶ。が、太った太田とノッポの長井がそのあと吐き捨てるように説明したのを聞き、その幻想もすぐに砕けた。太田は五年先輩で洗濯機の営業、長井は三年先輩の梱包《こんぽう》担当。二人とも正真正銘、木村電器の平社員だった。

二人の説明からすると話はこうだ。

三ヶ月後に「第13回　ロボット博覧会」というロボット技術の見本市が開かれる。近年、この博覧会は国内外から注目を集めており、必ずテレビや新聞で取りあげられるほどの盛況ぶりだという。ハイライトは各企業から出展された二足歩行型ロボットによるパフォーマンス。メインステージの模様は毎度ニュース映像として全国のお茶の間に流れている、そうだ。工学部は出たもののロボットにはまるで興味のなかった小林は、まったく知らなかった。

そこで社長の〝名案〟だ。弱小メーカーの木村電器にとってCMなんて高嶺《たかね》の花だが、このイベントにロボットを出演させればテレビに映って社名が全国に認知される。残りの日数は三ヶ月、予算は雀《すずめ》の涙でも、プラスチックに各種鋼板、ICチップにケーブルと材料ならいくらでも揃ってる。

「〝さあ、ここにあるわが社の部品を使って、三人でなんとかやってくれ！〟……だとさ」

「そんなバカな！」

小林が思わず叫ぶと、太田が不機嫌そうに返した。

「誰がバカなんだよ。社長か？　黙ってここで働いてる俺たちか？」

「あ、い、いや。そういうことじゃなくて……」

「冗談だよ、バカ」

その様子を見ていた長井が、

「あ、やっぱりバカなんじゃないですか。ふふふ」

何が面白いのか、いつまでも笑っている。なんなんだ、この人たちは。

「でも……でも……、未経験者が集まって、しかもあと三ヶ月しかなくてできるワケないですよね？　っていうか、そもそもなんでこのメンバーなんですか？」

「さあ……くじ引きかな？　貧乏くじっていう……」

長井がたいして面白くもない、自虐的な返答をする。太田が冷蔵庫を乱暴に蹴飛《けと》ばして言った。

「いやがらせだ！　リストラするための！」

その言葉が本当だったなら、三人はこのあと苦しまなくて済んだのかもしれない。いくらなんでも、ド素人《しろうと》がロボットを作るなんて無茶である。〝強い信念さえあればやってやれないことはない〟、そんなのは勝者だけが言える嘘《うそ》っぱちだと小林が気付くのに時間はかからなかった。

当たり前だが、現実は厳しい。最初の数週間はまったくといっていいほど何も進まず、ムダに時間が過ぎていった。三人は相談も協力もしないまま、各自の思いつくやり方で闇雲《やみくも》に動いた。太田はオモチャ屋で買ってきたラジコンロボットを分解し、長井は家電のスクラップから使えそうな部品を適当につなぎあわせ、小林はインターネットで買ったロボットキットの付属ソフトをプログラムし直し……。

残りあと二週間という頃、三人は初めて、ジャンケンでもするようにそれぞれの持ちネタを誰言うともなく組みあわせ始めた。そしてかなりむりやりに、とりあえずロボットらしき外見のモノができあがった……が。

恐れたとおり、なんの知識もなく適当に作ったロボットが二本足で歩くわけがなかった。いくらパソコンソフトをいじっても、いくら動力系統を調整しても、バカポンコツロボットは椅子にふんぞり返ったまま〝テコでも動かねえぞ〟とでも言いたげに、微動だにしないでいた。今日でタイムリミットまで一週間。急造のロボット開発部は、それでも不眠不休で各自ができることに励んでいたが、事態は好転していない。徹夜明けの開発部には、追い詰められた男たちのいびきが低く響いていた。

三

「おはようさん！」

毎度のことだが突然扉が開いて、木村社長が姿を現した。小林も太田も長井もびっくりして体ごと跳び上がる。

「ホイこれ見た！」

社長が嬉《うれ》しそうに、手に持った大きな紙を広げた。三人は寝ぼけた頭を振りながら社長の前に駆け寄った。

「どうだ。いいだろう」

広げた紙をいそいそとホワイトボードに貼《は》りつける。それを見て三人の目がパッチリ覚めた。そこには自分たちが作っているモノとは似ても似つかぬ、格好いいロボットの姿がCGで描かれていたのだ。どうやらロボット博覧会用に作らせたポスターらしい。CGロボットが社長とガッチリ握手している。ポスターのまんなかには『家電製品の信頼と実績。木村電器は二足歩行ロボット「ニュー潮風《しおかぜ》」とさらなる未来へ！』とキャッチコピーが躍っている。それにしてもうまく合成されている。

社長がポスターのロボットと、椅子に座っているポンコツロボットを見比べた。

「ん？　なんか思ってたのとずいぶん違うな。……まあいいか」

ポスターをよく見ると、『二足歩行ロボット「ニュー潮風」』と目立つロゴがペイントされていた。太田が怪訝《けげん》な顔で指さす。

「あの……これなんですか？」

「ん？　ロボットの名前だ。うちのいちばんの売れ筋製品にあやかってだな……、言わなくたって君がいちばん分かってるだろ、うは、うは、うははははは」

「えっ？　はあ……全自動洗濯機『潮風』の……」

「そうだ」

見るからにワクワクしている社長を見て、小林は胃のあたりがキリキリと痛むのを感じた。一介の新入社員のうろたえぶりなど気付きもせず、社長が屈託なく言う。

「よし、ロボット歩いてみよう」

「いやあの……まだですね……」

小林は思わずすがるような目で社長を見返した。

「なんだ、まだできてないのか？　あと一週間だぞ！」

作業服を着たカピバラがカレンダーをあごで指す。

「使いきりでもなんでも、テレビに映るときだけ動けばいいんだから！」

「いやっ、何歩かはね？　歩いたんですよ……ね？」

小林が口を濁しながら太田と長井に同意を求めると、二人はうなずいた。

「えへへ、そうなんですよ。ただ、今だけちょっと調子が悪くて……えへへえへ」

太田がせいいっぱいの愛想笑いを浮かべて社長にへつらった。普段は口の重い長井も、それを受ける。

「あの……テレビに映るときだけでいいなら、ギリギリまで僕らで支えててもいいってことですかね……いや、そんなわけないですよね……」

煮えきらない部下の態度にイライラしたのか、社長はポケットに手を突っ込んだ。その手に何かが触れたらしく、思い出したように、

「ああ、そうだった」

ズカズカ歩いてロボットに近付くと、ポケットから取り出した『木村電器』のステッカーを分厚い手のひらでロボットの胴体にバン、バン、と叩《たた》いて貼った。ああっ、そんなに乱暴に触っちゃ……！　小林は悲鳴をあげそうになる口をあわてて閉じた。

「ニュース見てるからな。目立たないと映らないんだから！　しっかり頼むよ」

思いついたことを言いつくしてスッキリしたのか、社長はさっさと部屋を出ていった。

「はあ……」

その背中がドアの向こうに消えるのと同時に、三人は魂も抜けるようなため息をつい

た。憤然とポスターに近付いた小林がCGのロボットを指でこづく。

「こんなもの、急に言われて三ヶ月やそこらで作れるワケないですって！」

また言ってしまった。三人がもう何度となく繰り返してきた言葉だ。長井がロボット博のパンフレットを手にして、イベントのページを開いた。

「でも……もうパンフレットに載っちゃってるし。とにかく、五分でも十分でも動かせるようにしましょうよ」

「社長ってさあ……いきなり現場来て、なんでも思いつきで言うのやめてほしいよなっ！」

太田は叫ぶと、飲みかけのジュースの紙パックをドン！　とデスクに叩きつけた。紙パックが倒れ、キーボードの上に甘い香りの乳酸菌飲料が豪快に広がる。

「あーもうっ！　クソッ！　壊れちまう……」

まったく余計なことばかりしてくれる。小林があきれながら雑巾《ぞうきん》を取りにいって戻ると、太田と長井がキーボードに掃除機を当ててガリガリと吸い取っていた。掃除機でキーボードの隙間《すきま》に流れこんだ液体が吸えるはずない。

「そんなことしたらもっとまずいですって！」

小林が言おうとしたとき、モニターにプログラミング言語、いわゆるC言語がパタパタと展開し始めた。

「………？」

モニターに打ちこんだ覚えのないC言語が並んでいる。どうやら、さっき社長が叩いた衝撃で回路の一部がロボットに通電し、今の太田と長井の共同作業（？）のせいで偶然、なんらかのコマンドが送られたらしい。

「おおっ！　あれ見てください！」

小林は思わず叫んだ。

ロボットがシャキッと立ち上がっていた。

なんとそいつはジリジリと少しずつ歩き出した。小林も太田も長井も、目の前で起きていることが信じられなかった。自分たちで作っておきながら、三人ともこのポンコツが自立して、しかも歩いている姿を見たのは初めてだ。

ガッチャン、ギー……ガッチャン、ギギー……グゴ、ガッチャン……ロボットは徐々にスピードを上げてゆく。歩を進めるごとに、適当にビス留めしてあったロボットの外装パーツがポロポロと剝《は》がれ落ち、ほとんど骨格だけのすっ裸になった。気付けば、今や〝歩行〟というより〝走行〟していた。

「……あれ、ちょっとまずくないですか？」

小林がそう言い終わらないうちにロボットは部屋の壁際まで独走した。躊躇《ちゆうちよ》なく窓ガラスを突き破り視界から消える。ケーブルでつながれていたパソコン一式も、一緒に窓外にすっ飛んでいった。

「………」

三人は金縛りにあったように立ちすくんだ。あっと言う間の出来事で、何が起きたのか分からなかった。

どのくらいの時が経ったのか、

「はへっ……」

ようやく小林の口から吐息が漏れた。あまりの事態に、息をするのを忘れていたのだ。それを合図に三人ともわれに返り、割れた窓に恐るおそる近寄る。ガラスのなくなった窓枠から祈るような思いで下を覗きこむと……祈りも空《むな》しく地面にはこっぱみじんに砕け散ったロボット骨格が横たわっていた。

シーン2　老人、ヘソを曲げる

一

バリウムというやつは改良されて以前よりマズくはなくなったと聞くが、もっとなんとかならないのか。医療技術はどんどん発達してるんだから、やる気になればいくらでもうまくできるはずだ。病院食もそうだが患者へのいやがらせとしか思えない味つけだろうこりゃ……。

七十三歳になる鈴木《すずき》重光《しげみつ》はわたされた紙コップの中のドロドロを飲み干しながら、頭の中を文句でいっぱいにしていた。現代医療について言いたいことなら山ほどある。しかし喉《のど》の奥からこみあげてくるゲップを我慢するのにせいいっぱいで、口角をギュッと結んで黙っているしかなかった。胃を膨《ふく》らますだかなんだか知らないが、わざわざゲップしたくなるような発泡剤を飲まされるのもまた業腹《ごうはら》なのだ。まあしかし、これで最近の胃のあたりのムカムカの原因は判明するだろう……っ……、ゲフッ……。

奇妙な形をしたレントゲン検査台が、鈴木を乗せたまままさまざまな方向に回転した。

ヴィーーーーーーン。

ヴィーーーーーーーーン。

さっきの機械では腰の写真を撮《と》ったから、あれで腰痛の具合も分かる。もしかしたら骨にヒビでも入っているかもしれない。そうしたら入院か？　まいったな。しばらくマズい病院食を食わされることになるぞ。今のうち刺身とか鰻《うなぎ》とか食っておかないと……。

鈴木は検査台の上で、目の前を行き来するロボットのようなアームを眺めながら、そんなことばかり考えていた。

二

「遅いわねえ。まだ検査かかってるのかしら？」

斉藤春江《さいとうはるえ》は牧田市立病院の廊下で気を揉《も》んでいた。夫の亮一《りょういち》や子どもたちも一緒だ。遊びたい盛りの美帆《みほ》と義之《よしゆき》はベンチですっかり退屈している。春江の父・鈴木の診察が終わるのを待って、かれこれ小一時間が経とうとしていた。

春江が亮一と出会い、大反対の鈴木を無視して社内結婚をしたのが十三年前。七年前に鈴木の妻の静江《しずえ》が亡くなってからは、斉藤一家は年に二、三回ほど鈴木の家を訪れている。鈴木の住む牧田市は人口十万人に満たない小さな街で、これといった特産品も観光名所もない。仲のいい友人たちは皆、結婚したり独立したりしてここを出ていってしまった。なので春江にとってはなんの思い入れもなかった。子どもが生まれて春江が仕事を辞め、本社に亮一が転属するのを機に、さっさと隣県に建売を買った。

　里帰りには一般道と高速を乗り継いで車で片道三時間半はかかる。なるべく頻繁《ひんぱん》に顔を出そうとは思うものの、夫婦で運転を交代しても一日で往復するのはかなりの重労働になるため、必ず一泊して帰ることとなり、最近は日程の調整も難しくなりつつあった。

「年寄りの一人暮らしなんて何があるか分からないから、こっちにアパートでも借りたら？」

　春江がそう誘っても、鈴木は決して首を縦に振らなかった。頑固で譲らない性格は分かっていたので、その話は一度きりで、春江から蒸し返していない。「ちょっと冷たいんじゃないか？」と夫は言ったが、こちらがよかれと思って何かしてやろうとしても、父はいったんNOと言ったが最後、絶対に覆《くつがえ》さない。〝深追いしてもムダムダ。くたびれるだけだし、イヤな思いをするのはこっちだもの〟。そう割り切っている春江だから、今は父を相手に冷静に話もできるが、たいていの人はこの偏屈な老人とつきあうのをやめてしまう。早い話、鈴木は面倒くさいジジイだった。

　娘の美帆は中学二年という多感な年頃もあって、鈴木とはまったく相容《あいい》れない関係だ。美帆に言わせると祖父は、

「よれよれのシャツを何年も着てるし、しかも上着を毛玉だらけのスウェットにオールインしてんだよ。そんな格好、家の中だってありえないのに平気で外を歩いてんだもん。頭は薄いくせに不精髭《ぶしょうひげ》だらけでさ。臭いし汚いし大声でどなるし。耳が遠いから大声になるのはしかたないかもしれないけど、なんでいつも憎ったらしいことしか言わないの？　一緒にいると超ムカつく！」。

まだ幼い頃、美帆にとって祖母にあたる春江の母が健在だった当時は、もっと鈴木のみなりもしゃんとして、言うこともまともだった、と美帆は言い張っている。それでも祖母の命日には毎年欠かさず線香をあげに来ていたが、今回の帰郷には最初、同行しないと美帆は宣言した。友達と遊園地に行く約束があるという。

「まあ、あなたたちも必ず行かなきゃいけない、ってことはないんだけどね」

と春江が許可しようとしたちょうどそのとき、鈴木から電話があった。

「老人会の演劇発表に大役で出る。大役だぞ。法事に合わせて必ず観《み》にこい」

珍しく父親が強く言うものだから、それなら家族全員でと亮一が口走り、美帆は涙を飲んで遊園地行きをあきらめたのだった。それが、まだしもエンタテインメントといえなくもない老人会会場ではなく、愛想も何もない病院の廊下で長い時間をすごすことになったわけだ。春江は子どもたちの気持ちを考え、あらためて、

「遅いわねえ、ホントに」

小さな声でつぶやいた。

三

「斉藤さん、どうぞ」

小窓から看護師に呼ばれて、両親は診察室へ入った。とたんに弟の義之がビデオカメラを鞄《かばん》から取り出す。バカ義之。ここでは観るなって母さんに言われてたじゃない。チャンス到来とばかりにスイッチを入れる弟を、美帆はたしなめた。

「あんた、こんなとこでやめなよ」

「小さい音にするから」

「怒られたって知らないからね」

とは言ったものの、さっき何が撮れたのかは気になる。美帆も退屈しのぎにビデオカメラのモニターを横目で覗いた。

映っているのは、さっき撮ってきたばかりの老人会の演劇発表会だ。コミュニティーセンターのホールは観客でいっぱいだが、ほとんどは出演している老人たちの家族である。義之の回すカメラが、上演中の人情芝居から春江のほうを向いた。ビックリしたような母の顔がアップになる。

「私はいいから舞台のほう撮んなさいよ」

「ねえ、本当にお祖父《じい》ちゃん出演すんの？」

「大活躍するって言ってるんだから、もうじき出るだろ」

亮一がカメラのほうを振り返った。父の、このお人好《ひとよ》しさに最近ムカつく。

「そんなのアテになんないよ。いつもデカいことばっか言ってさ。なんでこんなもんわざわざ観なきゃなんないの？　私、近所のコンビニにいていい？」

美帆が憎まれ口を叩くと、母が軽く肩をひっぱたいた。

「あんた何言ってんの。ほら、出てきたわよ！」

それを聞いて義之のビデオカメラがようやく舞台のほうを向く。モニターには「おてもやん」を踊りながら袖《そで》から出てくる祖父が映っていた。おてもやんは熊本の伝統芸能として有名だが、女性の踊りをあえて老人がやるというギャップが狙《ねら》いらしい、と父が嬉しげに解説する。祖父は、一所懸命覚えたらしい振り付けをムッツリしながら踊っている。「せっかくもらった役なんだから、もっと楽しそうにやればいいのに」、母が小声でつぶやいてから、反射的な感じで声援を送った。

「お祖父ちゃ〜ん！」

その声に反応してこちらを振り返ったその瞬間、祖父は足を踏み外してステージ上で派手にひっくり返った。マジ!?

「まあ、大変大変！」

両親がステージに向かって走り出したところで、映像が終わった。

「そして今にいたる、と」

美帆はため息をついた。

四

春江と亮二が診察室で待っていると、ひととおりの検査を終えた整形外科の医師が入ってきた。

「ええと……ひねったのは腰でしたよね？　七十三歳……ま、年齢からしたら多少のことはしかたないですよ。胃のほうもね、キレイなもんです」

父親当人はまだカーテンの向こうで着替えている最中だったが、医師はさっさと腰骨や胃袋の写真をパソコン画面に映し、目の前の春江たちに説明を始めた。本来は腰の検査だけで済むはずだったが、鈴木が次々と追加注文を繰り出したためにやれ胃のX線だ、やれ脳波だ、やれMRIだと検査が増えてしまったようだ。そのせいでスケジュールがすっかり狂ったのか、医師は少しばかりイライラしていた。

「本当は急患でもない限り、MRIは前もって予約してもらわないと動かせないんですよ……今日は偶然、技師が来てたからよかったけど」

医師がチクッと苦言を吐く。春江は慣れっこで謝った。

「すみません、本当に。ああいう人なもんで。ほーら、お父さんいつもおおげさなのよ。なんともないって」

　カーテンの中にいる父親にも聞こえるように大声で叫ぶが、返事がない。春江がカーテンに首を突っ込むと、鈴木はまだもたもたと着替えの途中で、補聴器を外した状態だった。

「なんだって?」

「だから、なんともないって」

「なんともないわけないだろ! 俺が痛いって言ってんだから。さっきの機械故障してるんじゃないの? もう一回撮ってみてよ先生。その、なんだ。……写真だ」

「レントゲン?」

「そうだレントゲン。あと……その……」

「MRIですか」

　カーテンの外から亮一が助け舟を出した。

「それだ。なんだか機械の調子がおかしかったぞ。故障してんじゃないの?」

　このまま鈴木を野放しにしてはまずい、春江はそう思って強めに釘《くぎ》を刺した。

「お父さん、何度も同じこと言わなくていいってば!」

「うるせえな!」

鈴木と娘夫婦のやり取りを見ていた医師が、小声で亮一に尋ねた。

「あの……最近、鈴木さんは怒りっぽくなったり、道に迷うようになったとかはありませんか？」

「え？」

何それ。体調と関係ないじゃない。春江は医師の真意をいぶかりながら答えた。

「道に迷うかどうかは分かりませんけど……確かに最近怒りっぽいですね」

「あー……。もし時間があったら、神経内科で検査を受けたらいかがでしょう？」

春江は思わず隣の夫を見た。亮一もとまどった顔をしている。

「あ、いえ……一応です一応。さっきからお話を伺っていると、同じ話を繰り返したりしているので……仕事一筋でやってきた人ほど、リタイヤしてから認知症になりやすいんですよ」

「お父さんが？　まさかそんな……」

思い当たることなんて、あったかしら。春江は記憶を探った。

「そう考えたくないのは分かります。でもね、最近はいい薬も出てますから。初期であれば早めの治療でだいぶ違いますよ」

「………」

そんな、いきなり。春江は夫と目を合わせたまま黙ってしまった。すると突然、勢いよくうしろのカーテンが開いた。

「俺がボケてるって話してんのか!?」

振り返ると父が憮然《ぶぜん》とした顔で立っていた。老眼鏡と補聴器を装着し終え、後半の話を聞いていたらしい。

五

「うるせえっ!」

怒号を残して診察室を飛び出すと、廊下のベンチで孫の美帆と義之が硬直しながら鈴木を見返した。娘夫婦があとを追ってくる。俺が認知症だと? ふざけるな! 俺が痛いと言っている腰のことは疑うくせに、あんなヤブ医者の言うことは聞きやがる。どいつもこいつも年寄りだと思って適当に扱いやがって。

……確かに、今思えばあんなに大騒ぎするほど痛くはなかったかもしれないが……舞台で転んだのも、認知症だと疑われたのも、もとはといえば全部あのクソ老人会のせいだ。

「だからあんな老人会の演《だ》し物《もの》なんか最初っから出たくなかったんだ!」

声がますます大きくなる。娘一家は揃ってあきれた顔になったが、自分でももう止まらない。

「自分が主役じゃないからヘソ曲げてるだけよ」

娘の春江が小声で言い、鈴木と夫たちの背を押して病院の出口に向かう。その台詞《せりふ》も他の患者への言い訳みたいで気に入らない。

六

妻・春江の実家は古びた平屋の一軒家で、姑《しゅうとめ》の静江が亡くなってからは手入れが行き届かず、老朽化が進んでいた。夕方の陽《ひ》の光のせいか鈴木の住まいはいっそうわびしく見え、斉藤亮一は車に荷物を積みこみながら、舅《しゅうと》のことを不憫《ふびん》だと思った。ご近所づきあいは奥さん頼みだから、男が一人で隠居すると世間とのつながりが断ち切れてしまう、というのは本当なんだな。老人会に参加するようになったと聞いてちょっとは安心したのだが、やはりあまりうまくやれていないようだ。亮一は〝自分はどうなんだろう〟と、近所とのつきあい方を思い返した。

車の後部座席では美帆と義之が音楽プレーヤーと携帯ゲーム機で早々と〝マイ・シェルター〟にこもり、祖父の家の前にいることなど忘れ去っていた。

「じゃあね、私たち帰るから」

春江が玄関を開けながら、ふて腐れた態度で新聞を読んでいる鈴木に声をかけた。互いに黙っていたっていやな気分になるだけだから、と、こんなときはいつも春江のほうから折れてやっている（亮一は妻のそんなところが好きだったりする）。

するとと鈴木は、サンダルを履いてのそのそと玄関を出てきた。

「あのね、来年はあの子たち二人とも受験だから、お線香あげに来られないかもしれないのね」

「だから来なくていいっていつも言ってんだ」

憎まれ口を叩く鈴木の姿が、いつもより少ししぼんで見えた。医師の言葉を鵜呑《うの》みにするわけではないだろうが、春江も少し心配そうだ。鈴木のかたくなな性格を気遣って、以前から「ちょっとした仕事でも始めれば、ちょっとは若返ってくれるかも。お父さんの性格じゃ、今から新しい趣味や友達を増やすの、無理だもの」と言ってたくらいだから。

「……ねぇお父さん、どうせ趣味とかないんだからさ、仕事でも探してみたら？」

だめだよ春江、男にそんなストレートなこと言っちゃ！　俺は気遣いだと分かるけど、当人は怠け者って言われてるように感じちゃうよ！

案《あん》の定《じょう》、鈴木は顔を真っ赤にして怒り出した。

「さんざん会社勤めしてきたのに、まだ働けってのか!?　暇そうに見えるかもしれないけどな、こっちだっていろいろ忙しいんだよ！」

隠居暮らしが忙しいはずはない。が舅は気丈にも、またもや悪態で返した。

「ああもうっ！　お父さんとは会話になんない！　もう行くからねっ！」

とうとう切れた春江は助手席に乗りこんだ。

「ほら、あんたたちもさよなら言いなさい」

妻がうしろを向いて美帆と義之にせっつく。二人は顔も上げずにボソボソとつぶやいた。

「……さよなら」

おまえたちも！　内心であわてる亮一には目もくれず、鈴木は孫を見て情けない顔をし、舌打ちまでした。

「道が混む前にさっさと帰れ！」

亮一は舅に向かって深々と頭をさげた。春江はともかくとして、子どもたちの態度は本当に申し訳ない。

「それじゃあ……、お世話になりました」

もっと険悪《けんあく》なやり取りが始まってしまう前に、亮一は急いで運転席に向かった。

七

一家を乗せた車は発進し、すぐに先の道路を曲がって姿が見えなくなった。

「ふう……」

ため息が漏れると、とたんに鈴木は空気が抜けた人形のようにしなびた老人になった。またやってしまった。本当はもっと孫たちとも仲良くしてやりたいのに、体にしみついたものは今さら変えられない。

鈴木は肩を落として家に入ると、定位置である薄い座布団にあぐらをかいた。

俺だって好きで嫌われてるわけじゃない。ただ、娘や孫に媚《こ》びへつらったって、一緒にすごせる時間はたかが知れている。だったらそんな面倒なことはするまい、自分らしくいるのがいちばんだ……それを実践しているまでのことで、わざわざ説明するのもバカバカしいから、しないだけだ。

仏壇のお供《そな》えから拝借したカップ酒をチビリチビリやりながら、鈴木は誰に言い訳するでもなくそんなことを考えた。

気がつくと、あたりはすっかり陽が落ちている。薄暗い部屋にジジイ一人がカップ酒とは、あまりにわびしい景色だな、そう思ってようやく電灯をつけた。

と、老人が立ち上がるのを待っていたかのように電話が鳴った。こんな気分のときに電話なんか出るものか面倒くさい、と鈴木は座り直し、相手のメッセージが吹きこまれるのを待つ。

『ただ今、留守にしています。発信音の後にお話しください。♪ピー』

簡潔な機械音声に続いて、聞き覚えのある声が聞こえてきた。ババくさい声だ。鈴木は自分がジジイであることも棚に上げて思いをめぐらせた。

『えー……鈴木さん、今日は大変でしたね。具合のほうはいかがでしょうか?……』

この声は老人会の……ええと名前はなんていったっけ……。

『明日なんですけれども、三時からちょっとした〝お疲れさま会〟をやりますので、めいめいお好きなおつまみを一品持って、コミュニテーセンターのほうへ集まってください……それじゃ、失礼します』

そんなことを告げて電話は切れた。鈴木は壁のカレンダーをちらりと見る。スケジュールはスッカラカンで、「可燃ゴミ」「不燃ゴミ」「資源ゴミ」とゴミの日だけ律儀《りちぎ》に書いてある。鈴木はいそいそとカレンダーを手に取り、明日の欄に「お疲れ会」と書きこもうとして……手を止めた。

お疲れさま会といっても名ばかりで、どうせババアたちが主役をやった原田《はらだ》のやつを囲んでチヤホヤしたいだけの集まりだろう。そうだそうに決まっている。誰がそんなのに行くものか。

鈴木は、いったんは書きこんだ「お疲れ会」の文字をグシャグシャと塗りつぶした。

あらためてカップ酒をグイッと飲み干し、盛大なゲップを宙に吐いた。

シーン3　老人、嫉妬する

一

鈴木の一日は朝六時に始まる。

布団から抜け出すと、敷き布団だけ籐椅子《とういす》の上にひっかけて干し、あとは押し入れへ。洗濯は四、五日に一度。適当に隅に重ねてある衣類の臭《にお》いをかぎ、臭いものだけを、二年前に春江が買い替えた全自動洗濯機に突っ込んでスイッチを入れる。あとは脱水まで勝手にやってくれる。楽だ。

そのあいだに買ってきた総菜や納豆で簡単な朝食をかきこむ。食べ終えた頃、ちょうど七時のテレビニュースだ。それを流し見しながら新聞を開く。

今日もどうせたいした事件は載ってないだろうが……とめくりながら、求人広告のページに目がとまった。昨日の春江の言葉が頭をよぎった。

今さら仕事か……。

別に働かなくたって年金だけでもギリギリやっていける。ほしいものがあるわけでもない。しかし革靴製造・販売業の事務職を定年退職してからというもの、一日がとてつもなく長い。いつまで経っても陽が沈んでくれない。テレビは面白くないし、老眼だから新聞や本を読むのも骨が折れる。

……時間はたっぷりある。小遣いでも稼いで、孫どもに何か買ってやるか……。

そう思うと鈴木は気分が高揚してきた。おお、こんなに求人が出ている。街じゅうの職場が鈴木の助けを必要としているようにさえ思えた。さらにページをめくる。

『61歳以下』

『ヘルパー2級以上』

『要美容師免許』

『59歳まで』……

仕事内容はともかく、すべての名刺大広告にこういった文字が目立つように記されていた。

「だめ。だめ。これもダメか」

年齢や資格を問われると、実際、鈴木に勤まる職場はほとんど見付からなかった。へタに高揚したぶん、みじめな気持ちになる。

深くため息をついてあきらめようとしたとき、一枚の白い折り込み広告に目がとまった。白黒印刷で『経験・年齢不問』とプリントされている。『誰にでもできる楽しい仕事です！　日当3万円!!　◎経験・年齢不問　◎簡単な一日仕事　◎未経験者歓迎』

「日当三万!?」

一日で三万円も出す仕事なんて、いったいなんだろう。裏返してみると、

『このサイズに当てはまる人を募集します』

とあり、人型の図にそれぞれサイズが添えられていた。身長一六八センチ、座高八九センチ、胸囲八五センチ……などなど。

「なんだこりゃあ！　ずいぶん細かいな」

再び表に返すと、小さな字で『仕事内容＝着ぐるみショー・メインキャラクターの着ぐるみアクター』とある。鈴木は昔、春江を連れていった遊園地で見た、ピンク色のブタみたいな顔をしたウサギを思い出した。

「着ぐるみショーだと!?　バカにしやがって、そんなものできるか！」

そう独りごち、鈴木は広告をビリビリに破いてゴミ箱へ捨てた。

ちっ、年寄りはもう働かなくていいからおとなしくしてろということか。暇つぶしで入ったつもりの老人会の連中は、妙に元気なくたばりぞこないばかりでうっとうしい。

「鈴木さんもひっこんでないで、何か目立つ登場にしましょうよ。おてもやんなんかどうかしら？」

だと？　なにがどうかしらだ。あいつらのせいであんなことになっちまったんじゃないか。皆があんまり言うからちょっとばかしその気になってみたが、案の定だ。まったく、とんだ恥をさらしちまった。あんなところ、二度と行くものか。

次々と頭に浮かんでくる悪態をつぶやくうちに、鈴木はいつの間にか居眠りしていた。

二

コミュニティーセンターは市の高齢福祉課が運営している施設で、集会所、ホール、カラオケルーム、囲碁・将棋コーナー、健康フロア、公衆浴場となかなか充実している。そのため、開館時間の前から近所の老人たちが詰めかけ、多くのスペースがいっぱいになる。コミュニティーセンターができるまでは駅前の牧田市立病院が老人たちの憩いの場だったが、今ではすっかりお株を奪われている。

本当は体調も優れないし気が進まなかったんだけどね。鈴木は誰かと会っても、すぐにそんな表情ができるように準備しつつ廊下を歩いたが、誰ともすれ違わないまま、集会室の前まで来た。

奥から楽しげな声が聞こえてくる。集会室のテレビを囲んで、老人たちが盛りあがっているのだ。テレビには小さなビデオカメラがケーブルでつながっていて、昨日の老人会の演劇を上映中だった。老人たちはお茶をすすり、紙皿に乗せた漬物やら和菓子やらを分け合っていた。けっこうな音量のせいか、鈴木が近付いてもしばらく誰も気付かない。そのまま立ちっぱなしでいるわけにもいかないのでせき払いを一つすると、ようやく最後列の老婆《ろうば》が鈴木に気付いた。

「あらっ。皆さん、鈴木さんよお！」

その声で皆が鈴木の周りに集まった。

「ねえ腰、大丈夫なの!?」

「病院行ったたっていうから、心配してたんだよ」

家族よりも温かな言葉をかけられ、鈴木は嬉しくて早口になった。

「いや、まあ、なに。全然たいしたことないの。レントゲンと……あと、なんだかっていう写真をたくさん撮られちゃって、本当やんなっちゃうよ。孫たちもさ、お祖父ちゃんのこと心配だからもうちょっといようか？　なんつってさ」

嘘をつくつもりはなかったが、普段みんなから聞かされている孫自慢に負けたくはなく、つい口からでまかせが転がり出す。

そのときテレビから大歓声と拍手が聞こえた。

画面には主役を快活に演じる原田の姿があった。鈴木の前に集まっていた老人たちは皆、波が引くようにいなくなり、余裕の表情でソファに座っている原田の周りに吸い寄せられていった。

チッ！　またあいつだ。なんだよあの格好は。真っ赤なカーディガンなんか着て、白髪《しらが》は黒く染めて油で塗り固めてるし、こんなところに来るのにめかしこみやがって。年寄りなら年寄りらしくしろってんだバカ。

原田敏臣《としおみ》七十一歳。ババアたちいわく〝老人会のプリンス〟。元どこかの役員だかなんだか知らないが、同じやもめのくせにいつも隙のない格好で柔和な笑顔を絶やさない。鈴木だけではなく、ここに通う男たちは少なからず原田に嫉妬《しっと》めいた感情を抱えていたが、何をやらせても格好がつく原田ならしかたないと半ばあきらめていた。

「ほら、ここの原田さんの殺陣《たて》がみごとなの！」

「だって、そうとう練習したからねえ、毎日何時間もやったもの」

原田はチヤホヤされても謙遜《けんそん》しないが、嫌味でもない。それが鈴木は悔しい。

「この見得《みえ》の切り方なんか、惚《ほ》れぼれしちゃう」

「私もよ～。サインしてもらおうかしら」

もう誰も、鈴木のほうを見向きもしなかった。

三

昼をとっくに過ぎているというのに、デパートの地下食料品売り場は若くない女たちでごった返していた。

コミュニティーセンターを後にした鈴木は、クサクサした気分を酒でまぎらわそうと、ここでビールを探していた。どこからこんなに人が集まってくるんだ？　もっと自分ちの近所の八百屋とか魚屋とか、あるだろう。俺みたいな独居老人はいいとして、店を回るのを面倒くさがって、デパートなんかでいっぺんに揃えようとするから商店街がつぶれるんだ。

勝手なことを考えながらふと見ると、うまそうな厚揚げが試食に出ている。イカ、タコ、ヒジキと豆、具抜き。四種類の厚揚げを、おばさん店員がオーブントースターで軽く焼いてトレーの上に並べている。

「一人一つですよ～。はい、食べたら買ってってねー」

おばさん店員はケチくさいことを言っている。見るともなしに見ていると、小さくしなびた老婆の客がトレーの上でおろおろと手を泳がせたあげく、具抜きの厚揚げを手に取った。

「どうしてこんなもんで迷うのかね」

ボソッと嫌味を言いながら鈴木は爪楊枝《つまようじ》を取って、ヒジキと豆の厚揚げを一口食べた。空《す》きっ腹《ぱら》のせいかやけにうまい。だからと言って買うつもりなどない。もう一つ食べようと手を伸ばしたが、店員がこちらをうかがっていたのでやめた。

主婦たちをかき分け、鈴木がようやくビールと弁当を買いこむと、再び先刻の厚揚げの店先を通った。まだあの試食は残っている。鈴木が素早く一口放りこむと、さっきのおばさん店員がカウンターの奥から見とがめた。

「一人一個ですよ！」

「一個しか食ってないだろ」

「うそ。さっきも食べてましたよ」

「……見間違いだろ。今初めて来たんだから」

二人のやり取りを買い物客たちがチラチラ眺める。人通りの多いところでコソ泥扱いされて、鈴木は顔から火が出る思いだった。が、そう簡単に引きさがれない。すると、さっきもいた老婆が横から手を伸ばしてもぐもぐと試食を食べていた。

「ほら、そっち注意しろよ。あの婆《ばあ》さんだってまた食ってんだから」

と指さして自分から気をそらそうとした。そこに店員が鋭い指摘をした。

「なんで分かるんです⁉」

「えっ？」

「なんでまた食べてるって分かるんですか？　初めて来たなら分かるはずないでしょ？」

しまった！　ああ、なんてしつこいババアにつかまっちまったんだ。こうなりゃ、なりふり構っていられない。鈴木はとっさに補聴器をいじって、耳が遠いふりをした。

「んんっ？　あれっ？　なんか機械の調子が……」

「……まったくもうっ！」

店員の口ぶりがあきらめめいてきたのを潮に、鈴木は彼女に背を向けた。すると、

「お母さんっ。すぐどっか行っちゃうんだからも〜！」

声のしたほうに目をやると、試食を二度食いしていたあの老婆のところに娘とおぼしき女が走ってきた。口調は優しいが、明らかに老婆を責めている。鈴木と店員の口論にも、娘の呼び声にも関心を払わず、老婆はまだ名残惜《なごりお》しげに厚揚げを見詰めていた。

「ばあさん……」

鈴木はふいに、老婆の反応やしぐさが認知症のそれだと察した。

老婆は子どものように手を引かれて去っていった。連れられていくうしろ姿からむりやりに目をそらすと、こんどはガラスに映った自分の姿が目に入った。よれよれのジャージをひっかけ、伸びきったスウェットズボンにサンダル履き。ほったらかしの髪と髭。あの老婆と自分は大差ない。店員に煙たがられて当たり前か……。

四

デパートの屋上は鈴木のテリトリーの一つだ。よくここに来て昼飯を食べる。食品売り場のにぎわいとは別世界で、その存在を忘れ去られたかのようにひっそりとしていて、

そこが気に入っている。ごちゃごちゃした街を見下ろしながら弁当なんかを食べるのが好きなのだ。

「ん？」

この日もおもむろにビールと弁当を開けたが、なんだかいつもと様子が違う。やたらと派手な音が聞こえてくるのだ。そちらを見ると、屋上の一角に人だかりができていた。弁当をさっさと胃袋に収めて人だかりのする方向へ歩いていった。

「こりゃあ……」

そこではヒーローショーが繰り広げられていた。派手な音楽がかかるステージの上では、五色の着ぐるみヒーローが悪い怪人たち相手に格闘している。親子連れが懸命に応援していた。というより、司会のお姉さんがしきりに「みんなあー！　応援してー！」と黄色い声を張りあげるもんだから、応援しないわけにはいかないのだ。

怪人は二人なのにヒーローは五人、明らかに不公平だ。弱いものいじめじゃないか。それなのに子どもたちもその母親も、「シビレンジャー、がんばれー！」と、あらん限りの声で応援している。応援が必要なのは怪人たちのほうだろう。

そんな勝手なことを思いながら鈴木はビールを片手にのんきに見物していた。結局、特撮も火薬も何もなく、わりと地味な形でショーは終了した。鈴木が驚いたのはそのあとだ。

ショーのあとはヒーローとの握手&写真撮影会だった。子どもを腕に抱えたヒーローの肩や腰に母親も手を回したりして、頰《ほお》を上気させている。子どもよりも母親たちのほうが大はしゃぎしているのだ。若いママさんたちの積極的なスキンシップに、ヒーローたちも少々腰が引けているように見える。

「着ぐるみってのは子どもだけに人気があるんじゃないんだな……」

着ぐるみヒーローのモテっぷりを、鈴木はいつまでも羨《うらや》ましげに眺めていた。

シーン4　エンジニア、面接する

一

公民館のC会議室の扉の隙間から、木村電器の小林はそっと外の様子をうかがった。廊下には募集チラシを見た若者たちが大勢集まっていた。思っていたとおり、全員男で同じような痩せ型だ。なぜ男しかいないのかというと、身長と胸囲、頭回りなどのサイズが決まっているせいで、女性の体形のバランスにはほぼ当てはまらないからだ。参加者たちはそれぞれ、こちらで用意した身長計やメジャー、ノギスなどを使って細かなボディサイズを計測しては、測定用紙に書きこんでいる。よーし、誰もこの面接を疑っていない。うまくやってやるぞ……。小林は胸の鼓動を抑えつつ、そっと扉を閉めた。

あの二足歩行ロボット転落の日から三日。木村電器のロボット開発部は、超多忙な日々を送っていた。まず手当たり次第に施設をあちこち電話であたり、二、三日以内で借りられる、そこそこの広さの会議室を探して予約する。依頼には「小林企画」なる偽名を使い、連絡先は偽の電話番号だ。こちらから電話するときは必ず公衆電話を使うことにした。なんとか公民館の予約がとれると、次に、その辺の広告から適当に真似《まね》てデザインしたチラシ原稿を作る。誰もいないときを見計らって、社内でこっそり大量コピー。市内の新聞販売所にかけあって、朝刊に折りこんでもらう。

『誰にでもできる楽しい仕事です！
日当3万円!!
◎経験・年齢不問
◎簡単な一日仕事
◎未経験者歓迎
◎仕事内容＝着ぐるみショー・メインキャラクターの着ぐるみアクター
このサイズに当てはまる人を募集します
身長＝168㎝
座高＝89㎝
胸囲＝85㎝
頭回り＝56㎝

肩幅＝40㎝
腕＝56㎝
足＝25・5㎝』

そう。「ニュー潮風」の外装にぴったり収まるボディサイズである。

あのとき、二足歩行ロボットのニュー潮風は二階の窓から地面へ落下した。それだけではなく、プログラムの全データが入っていたコンピューターもろとも完全に大破したのだ。ロボット開発部のある倉庫棟が本社棟から離れていたおかげで、ロボットの七転八倒粉骨砕身は他の社員には気付かれなかった。小林と太田がロボットを、長井がコンピューターの残骸《ざんがい》をそっと回収すると、誰の目にも明らかなほどロボットの躯体《くたい》はただの鉄くずになっていた。プログラムを修復できたとしても――とはいえ、コマンドは偶然打ちこんだものなので修復もへったくれもないのだが――一週間でなんとかできる状態ではない。三人とも顔面蒼白《がんめんそうはく》、頭の中は真っ白だった。

「あーっ、なんなんだよ畜生！」

太田は頭をかきむしって、そのへんの冷蔵庫や洗濯機のスクラップに飛び蹴りを食らわし始めた。取り返しがつかないピンチに陥ったとき、目の前の現実から逃避して自暴自棄になる人間がいる。太田はそういうタイプだ。

「もうおしまいだ……おしまいだ……」

長井は抜け殻のように悲観的な独り言をつぶやいている。

ロボット開発と称して倉庫棟に押しこめられたこの三ヶ月で、小林は二人の性格が分かってきていた。期待したってこの人たちから建設的なアイデアや突破口が示されることはない。自分がなんとかしなくちゃ。でもどうしたらいいのか……。ロボットの残骸を見詰めた。

ロボットのやつは転落する前に、ほとんどすべての外装を落っことしていった……。それらが開発室のあちこちに転がっている。無傷な部品といえばこれだけだ……。

突然、小林は外装を自分の体に装着し始めた。

「なにやってんだよ……？」

太田と長井がポカンとしたまま眺めた。

「見てないで手伝ってくださいよ」

小林が二人に電動ドライバーをわたし、あごでビスを指した。

「うそでしょ」

あきれた顔をした長井を、小林はキッとにらみ返した。よほどすごい形相だったに違いない、太田と長井は一瞬たじろいだが、気圧《けお》されたように外装パーツを装着し始めた。

しかし小柄な小林にはパーツのサイズが大きく、手足の先が余ってうまく装着できない。

大学時代はミクロマンと呼ばれたくらいだ。次に長井で試したが、背丈がありすぎて今度は足りない。太田は太すぎて何一つ取りつけられない。しかし外装をすべて装着できるサイズの人間さえいれば、ロボット〝らしき〟ものはできそうだった。

「……探すしかないですよ！」

とにかく時間はないのだ。こうなったら背に腹は代えられない。小林の目の奥に狂気が燃えていた。太田と長井は、それが恐ろしくてもう何も言えなかった。こうして小林の窮余の策により、綱渡りのような作戦が決行されることとなったのだ。

二

公民館の入口の自動ドアがフワッと開き、鈴木重光は歩を進めた。ロビーは鈴木と背格好が似た若者でいっぱいだった。なんだよ、ジロジロ見やがって。鈴木はみずからを励ますように、セロハンテープでつぎはぎしたチラシを握りしめた。

珍しげな視線を無視して、若者たちが見ている壁に近付く。何事か書かれた紙が貼ってあり、その下に長テーブルが置いてあった。

「身体測定をし、用紙のすべての欄に記入してください」

テーブルにあるのは鉛筆と身体測定用紙だった。面接に参加するだけでもあれだけ細かいサイズの指定があるのに、さらに細かく測れっていうのか？　それも、こんな廊下で？　鈴木は憮然としてその用紙と鉛筆一本を取り、若者たちをかき分けた。

まずは身長から……。

測定を始めようとしたとき、会議室の扉が開いて主催者たちが出てきた。いかにもイベント会社の連中が着るような白いジャンパー姿だが、顔が少々、異様だった。黒縁眼鏡のチビはいいとして、デブはサングラス、ノッポな男は陽気もいいのに特大のマスクをしている。ふてぶてしいサングラスを掛けているくせにうっすらと汗をかいたデブは、せわしなく額をぬぐうと「ぶふうっ！」と鼻から息を吐いた。チビがうしろ手を組んだかと思うと、応募者たちに向き直った。

「えー……、本日は、ンぐっ」

話し出すなり言葉を詰まらせた。なんだ？　やけに緊張してやがる。チビはしきりにせき払いをすると、気を取り直したようにはじめからやり直した。

「ゴホっ、んっ、んーっ！　えー……、本日はお集まりいただきましてありがとうございます。準備ができた人から面接を行いますので、一人ずつ、中に入ってきてください」

そう告げると三人は、再び会議室の中へ戻った。

三

部屋の中央には審査員席の長テーブルが一つ。壁には急遽《きゅうきょ》作った着ぐるみショーの偽ポスターが貼られている。ポスターの中央にあしらったのは「ロボくん」と名づけた適当なメインキャラクターだ。三人は審査員席へ座り、互いの変装に隙がないか確認。

太田が使い慣れないサングラスを外し、目をしばたたかせながら小林を見た。

「なんで着ぐるみショーなんだよ」

「何度同じこと聞くんですか？　本当のこと公表できるわけないでしょ。ちょっと、サングラス外さないでくださいよ。顔見られたらどうすんですか!?」

「こんなんで本当にピッタリの人間が見付かりますかね？」

そう長井がつぶやいてマスクをずらした。小林は、二人に自分の真剣さがまったく伝わってないような気がしていらだった。

「見付けるか……クビになるかですよ」

「ハハハ……冗談きついなあ」

太田が半笑いで小林をこづいた。

「冗談でこんなことできますかっ!?」

自分でも驚くほどの大声で叫んでいた。

だって、この期《ご》におよんでなにを悠長な！　ロボット博覧会まであと二日しかないのに、他になんの手立ても用意してないのに！

突然のブチ切れ具合に驚き、太田と長井はあぜんとして小林を見詰めた。そのとき、入口に背を向けた太田たちの背後から声がした。

「あの、もういいですか？」

面接者第一号が扉を開けて顔を出している。三人はあわてて身支度を整えた。

「あっ、はいどうぞ。ええと……それはこちらで預かります」

小林が測定用紙を受け取ると、「飯田智哉《いいだともや》」と名前があり、ボディサイズが仔細《しさい》に書きこまれている。打ち合わせどおり、長井がそれをパソコンに打ちこんでゆく。これは小林が急ごしらえで作った「ニュー潮風フィッティングプログラム」だ。そう都合よく体のすべての部分が外装パーツにぴったりはまる人間がいるとは、小林だって考えていない。部分的には多少手直しが必要になるだろうが、そのリスクは最低限に抑える必要があるのだ。

飯田は体をほぐすためのストレッチを始めていた。彼のプロフィールには「演劇サークルに所属。学園祭の舞台『2001年　過去への旅』でロボット役を演じる」とある。小林の期待は高まった。

「えー……よろしくお願いします。ではさっそくですが、自己PRタイムです。あなたの考える〝ロボットらしい動き〟を表現してください。はい、どうぞ!」

小林の合図で飯田は少しあとずさりし、足元を整えた。

「えー、それじゃお願いします。……♪ジャジャンジャ・ジャ・ジャン! ウィーン・ガシャン、ウィーン・ガシャン、ウィーン・ガシャン」

飯田が突然殺人マシーンのような動きで歩き回った。映画で見たことがあるようなド派手なアクションに、小林も太田も長井も硬直した。

これは絶対違う。三人ともそう思ったが、止めるタイミングを失い、見続けるしかなかった。飯田は両手に持っている、想像上のガトリングガンで街を蹂躙《じゅうりん》していった。

「バリバリバリバリ! 死ね! 死ね! ドッカーン!」

飯田の熱演はその後十分ほど続き、全人類を滅亡させて最後に自爆した。三人はこれに懲《こ》りて、「自己PRは三十秒で」と最初に念押しすることにした。

次にやってきたのは、ミニコンポの音楽に合わせてロボットダンスを踊りまくる勘違いダンサーだった。今度は三十秒という規程時間が短かすぎて、イントロ終わりから踊り始めて数秒で終了となってしまった。

次はダンボール紙で自作したロボット衣装を身につけ、決めポーズとともにゴミ収集車に変形するバカであった。その次は微動だにせず演劇論を語り出す男。その次、その次、その次……。なかなかピッタリの人物は現れなかった。

面接も終盤にさしかかった頃、一人の老人が部屋に入ってきた。なんで、ジイさんが!?　突然のことに三人ともとまどった。太田が身体測定用紙を受け取る。

「鈴木重光・七十三歳……」

まさかこんな年寄りがやってくるとは。この人は不合格だな、と小林は手元のメモに早々と失格マークをつけ、さっさと面接を打ち切ろうとした。しかし、空気を読まない男・太田は違った。面白がって鈴木をいじり出したのである。

「お爺《じい》さん、着ぐるみショーの面接に来たの？」

「えっ……？」

鈴木は耳が遠いようで、あわてて胸ポケットをいじった。補聴器のボリュームを上げたらしい。

「ははは。なんだよ、このジジイは」

太田がブタ鼻を鳴らして笑う。しかし、相手が補聴器を調整してまで聞き返している以上、突然やり取りを終えるわけにもいかない。小林が引き継いだ。

「何かお芝居の経験とかありますか？」

「えっ？　あ、まあ……ちょっとだけ」

小林がプロフィール欄を見ると、「老人会演劇・おてもやんの通行人」とある。老人に臆《おく》する気配はない。

「あの……確か主役の募集って書いてあったと思うんだけれども……」

そう言って鈴木はポケットからチラシを取り出し、眼鏡をずり上げる。小林がすかさず答えた。

「えっ？　あー……、うん、メインキャラクターね。まあとにかく、ちょっと動いてみてください」

「動く？」

鈴木がとまどった様子で三人を見返した。太田が痺《しび》れを切らして声を荒らげる。

「自己PR、三十秒！」

「ジコピー……？」

「まったく、ダメだこりゃ」

もう終わりにしようぜ。太田がそんな顔で小林と長井に目配せすると、珍しく長井がためらいを見せた。身体測定用紙の細かなデータを二人に回す。

「でもほら……なかなかなんですよ」

確かに、体の各部のサイズは他の参加者の誰よりもニュー潮風に近い。一応見ておくか、とばかりに太田が声を張りあげた。

「あのね、ロボットの役なのね。台詞とかはないから、自分が思うロボットらしい動きを見せてほしいの」

そう言って壁に貼ってあるポスターのキャラクター「ロボくん」を指さした。

「ロボット!?」

鈴木老人は驚いて手にしたチラシを見直した。一度破いて貼り合わせたらしくクシャクシャだ。あれじゃ隅っこの「ロボくん」の部分は気付かないかもな……。

「無理そうだったらそのまま帰ってもらってけっこうですけど?」

「いや、分かりました!」

太田にそう言われて、鈴木はどこで見たのかパントマイム風の演技を始めた。老人がようやく思いつくであろう、古いタイプの召し使いロボットが摺《す》り足《あし》でカクカクと移動し始めた。

「ゴ主人サマ……ゴ飯ガデキマシタ……」

何かを期待したのが間違いだったのだ。三人はいよいよこの年寄りに興味をなくした。と、突然、

「うぅっ……!」

とうなって、目の前の老人が蠟人形《ろうにんぎょう》のように動かなくなった。見ると、腰に手を当てて顔から脂汗が滴《したた》り落ちている。小林が心配して声をかけた。

「……どうしたんですか?」

「い、いや別に……」

そう答えながら、明らかに何かを我慢している様子だ。小林が席を立って近付こうとしたそのとき、面接途中にもかかわらず、鈴木は黙ってそろりそろりと出ていってしまった。

「なーんだありゃ？」

太田はバカにしたように言い捨てたが、小林はその老人が去ってゆくうしろ姿を凝視していた。なんとなくロボットみたいな動きだ、と思ったからだ。

四

すべての参加者の面接が終わり、廊下で結果を待つように指示されて三十分。鈴木は据え置きのベンチに座って腰の痛みに耐えていた。

ロボットの役だなんて聞いてなかったぞ。いきなり言われて、そんなものできるわけないじゃないか。それにしてもあんなぶざまなところをさらすなんて……まったくふがいない。やっぱり病院でもらった湿布をちゃんと貼っておけばよかった。これじゃ受かるはずないな……もう帰ろうか。いや、万が一ということもある。いやいや中途退場しちまったんだから不合格に違いない……などとあれこれ迷っているうちに、会議室の扉が開いて三人の面接官が出てきた。

「それでは皆さん、お疲れさまでした……合格者を発表します」

鈴木同様、その場にいた全員が息を飲んだ。

「くっそー……」

二十分後、鈴木はパチンコ屋にいた。カップ酒をあおりながらも、頭の中は着ぐるみショーに落選した敗北感に打ちのめされていた。ふと気付くと、目の前で最後のパチンコ玉が暗闇に吸いこまれた。「とっとと帰れ」と言われているようで、無性《むしょう》に腹が立つ。チッ！　と吐き捨てるように舌打ちをする。と、うつむいた視界の端で隣の椅子の下に置かれているドル箱に気付いた。五箱ほどのプラスチックケースに銀色の玉が山盛りになっていて、鈴木をあざ笑うかのように毒々しく輝いていた。持ち主はトイレに行っているのか、どこにも姿がない。鈴木は今がチャンスとその玉をひとつかみした。

「あひっ！」

突然手の甲に痺れるような痛みが走り、喉からうめき声が漏れる。店主の老婆がハタキの柄《え》で思いきり叩いたのだ。思わず玉を放す。

情けない。こんなババアにまでいたぶられるとは……。鈴木はほうほうのていでパチンコ屋を後にした。

五

ニュー潮風の中に入ることに決まったのは、村上俊輔《むらかみしゆんすけ》という男だった。

もちろんボディサイズが一致したのが合格の理由だが、それだけではなかった。彼は、特に芸があるわけでもなくロボットのような動きが得意でもない。〝何も特徴がない〟ということが最大の勝因だ。

村上はただ日当の三万円がほしいだけで参加したフリーターで、だからこそ今回の仕事に執着もないし、練習などの準備が必要ないことを喜んでさえいる。雇う側にしてみれば、仕事が終わればあと腐れなく報酬だけで使い捨てできるということだ。

「逆にそういう人間じゃないと、僕らの身に危険がおよぶかもしれないじゃないですか」

村上を廊下に待たせて小林は力説した。太田と長井は小林の勢いに飲まれたように小さくうなずいている。その目に、これまでにない怯《おび》えのような光があることに小林は気付いた。

「気の弱そうな見た目と柔らかな人当たりでオブラートに包まれているけど、小林って、実はズル賢くて恐《こわ》いやつなんじゃないか?」

根は純朴な先輩二人がおおよそそんなふうに思ったことは小林も察したが、構っている場合ではない。

村上以外の面接者を全員帰したあと、ほどなくして〝着ぐるみ衣装のフィッティング〟が始まった。三人が特に注意したのは、ニュー潮風の外観を村上に見せないようにすること。ロボット博のあとで、テレビに映ったところを目撃されたらすぐに気付かれてしまう。壁にあった鏡は前もって取り外してあった。

まず村上にアイマスクをさせ、ニュー潮風の外装パーツを電動ドライバーで装着してゆく。

ギュイーーン、ギュイーーン……。

「ええと……なんかすごい音が聞こえるんですけど……」

不安げな声で村上が尋ねた。着ぐるみのフィッティングと聞いて想像していたことと、ずいぶんかけ離れていたのだろう。村上のデータをパソコンに入力している長井が、申し訳なさそうに村上を見ている。太田が作業をしながら適当なあいづちを打った。

「いいのいいの。気にしないでね」

「えっと……すいません、なんでアイマスクなんですか？」

すかさず太田が嘘を並べたてる。

「大丈夫、目を保護してるんですよ。指示に従ってもらえないと、ケガするかもしれませんよ」

「これは実際にショーで使う衣装なんで、ちょっと窮屈に感じるかもしれませんけど……」

そう言って小林が装着を続け、ほぼすべての外装パーツが体にピタリとはまった。あとは頭部だけだ。ここは細心の注意をしなければいけない。自分がどんな格好をしているか村上に見られたらアウトだ。小林が頭部マスクを準備し、太田に目配せした。

「もうちょっと目を閉じててくださいね……。今がいちばん大事なところですから」

そう言いながら、太田がアイマスクを外す。そしてすかさず、二人で頭部のカバーを村上の頭にスッポリかぶせた。村上の耳元でカチッと留め具をはめ、すぐに電動ドライバーで固定する。

ギュ、ギュ、ギュイーーーーン！

小林は内心で少なからず同情していた。きっとこの人は頭にネジを打ちこまれているような恐怖を感じているだろう。やがて電動ドライバーを停止させ、太田が催眠術師のような口調で村上に声をかけた。

「はい、どうぞ目を開けていいですよぉ」

ややあって、不安げな声が聞こえてきた。

「あれえ……なんかちっちゃくしか見えないんですけど……」

「そういうもんなんです」

と太田が耳元で即答する。頭部マスクの遮蔽感《しゃへいかん》は、小林のアイデアでわざとそうしてあった。顔正面に空間を設けず、鼻がマスクにくっつくようにしてある。村上は今や、鉛筆であけた穴から牛乳瓶の底を通して覗いているくらいの視界しかないはずだ。ロボット博に出演した際、それが着ぐるみショーなどではないと気付かれないよう、周囲の視覚・聴覚の情報をギリギリまで遮断する必要があるのだ。そんな小細工を弄《ろう》しながら、こうしてニュー潮風の全身像が完成すると、小林は子どものように嬉しくなってしまった。

「おーっ……。なんかいい感じですよっ！」

つい大声が出てしまい、あわてて口をつぐんだ。太田も無言で感激している。長井さえ、パソコンを操作する手を止めてニュー潮風の勇姿に見とれた。

するとニュー潮風が……もとい、村上がもじもじし始めた。よく見ると全身を小刻みに震わせている。

「どうしたの？」

太田が村上の耳元に顔を近付けると、わななく声が中から聞こえてきた。

「ええと……あの……これって金属使ってます？」

「はい。金属だらけですけど」

変な質問だな、といぶかしみながら小林が答えると、村上の動きがとたんに激しくなり、身悶《みもだ》えし始めた。

「ああっ！　もうダメだ。これ脱がしてください！」

あまりの村上の苦しみように、小林と太田はＦ１のピットクルーのような素早い動きでビスを抜き取り、外装パーツを床に放った。太田は走った。パーツを回収し、ダンボール箱に詰めこんで隠すためだ。長井があわててテーブルから走った。身体能力の低い長井はつまずいて予備の測定用紙を床にブチまけてしまい、自分のミスを回収するのにせいいっぱいだ。しかもヒーターの下の隙間に入りこんでしまって、一枚だけどうしても手が届かない……。

「そんなのいいから、早くしろよ！」

太田が長井をせっついた。

「まあ、いいか……」

長井は白紙の測定用紙をあきらめ、外装パーツの回収に集中した。

「ちょっと！　動かないで！」

太田が強引に押さえつけてもジタバタする村上を止められない。村上はロボットの中でかなりマズいことになっているようだ。早く脱がさないと！　焦れば焦るほど、電動ドライバーが空振《からぶ》りした。ようやく最後のパーツ、頭部カバーが外れて太田がすぐさまうしろ手に隠す。

村上の体じゅうに赤い蕁麻疹《じんましん》が浮き上がっていて、体が自由になったとたん、泣きそうな顔をしてものすごい勢いで全身をボリボリとかきむしった。

六

鈴木が家にたどりついたのは、とっぷりと暗くなった午後八時頃だった。したたか酔っぱらった鈴木が玄関を開けると、電話が鳴っている。いつもどおり留守番電話に任せて無視しよう、と放っておいた。律儀なことにいつもと同じメッセージが流れる。

『ただ今、留守にしています。発信音の後にお話しください。♪ピー』

発信音を聞いて、相手がしゃべり始める。

『えー、あの……鈴木さんのお宅でしょうか。先ほどの着ぐるみショーの面接についてなんですが……』

そこまで聞いて、鈴木はあわてて受話器を取った。

「はい、鈴木です。……えっ？　もう少し大きな声で言ってもらえますか？　金属アレルギー？　そんなのはないですが。合格ですか!?　繰りあげで……はあ、はあ……」

七

小林は、公民館の入口に設置されている公衆電話で鈴木と話していた。その横では太田と長井が聞き耳を立てている。

「えっ？　お昼ご飯ですか？　そういうのは心配しないで大丈夫ですよ。向こうでお弁当が出ますから」

そんな会話を聞いて、ケラケラと太田が笑った。

「な？　あの爺さんなら絶対バレないって」

「本当ですね、目も耳も悪いみたいだし……」

長井が胸を撫《な》で下ろし、受話器を握る小林と笑顔を交わす。

「練習ですか？　いえ、前もって準備することは特にはないんです。はい。それじゃ日曜日にね、駅前まで車で迎えにいきますから。よろしくお願いします」

小林が電話を切ると、三人は顔を見合わせてニヤリと笑った。

八

電話を切ると、鈴木は嬉しさのあまり小躍りした。

「はっはっは！　やったやった。バンザーイ！　ざまあみろ！　♪おても～や～あ～んあんたこの頃嫁入りしたではないかいな～」

浮かれておてもやんを踊ると、突然腰に痛みが走った。

「うっ！　痛《い》たたたた……」

腰をかばって小躍りがスローになる。

その晩、鈴木はいつになく興奮したまま床についた。明かりを消してもなかなか寝つけず、暗い天井を見上げていた。

ショーではどんな衣装を着るのか、皆目《かいもく》見当がつかない。もしかしたら顔だけ何かかぶるのか、もしくは顔は出すのか……。日当が三万も出る仕事だ。このあいだの老人会とはわけが違う。きっと大勢の観客を前にするんだろう。普段どおりの格好じゃマズいな。さっそく明日から準備を始めないと……。そんなことを考えているうち、いつの間にか眠ってしまっていた。

翌日から鈴木の〝準備〟が始まった。

久しぶりに床屋で髪を切り、髭をあたってもらう。いつ頃クリーニングに出したのか忘れたが、昔オーダーメードしたスーツを壁に掛ける。さすがにあちこちほこりがついているので、コロコロでていねいに取る。箱にしまってあった帽子も取り出した。さらにスーツと合わせて買った靴に靴墨を塗り、念入りに磨いた。よし、これでバッチリだ。早く日曜日にならないか。鈴木はその日が待ち遠しくてたまらなかった。若返ったような気さえする。

シーン5　ロボット、起動する

一

その朝、ニュー潮風の外装パーツを積んだワゴン車は駅に向かって走っていた。

「大丈夫ですかね、大丈夫ですかね……」

運転席の長井は始終、念仏のように唱えている。

「打ち合わせしたとおり、落ち着いてやればうまくいくって」

助手席の太田が長井の肩をポンと叩いた。

まったく、簡単に言ってくれるよ。本当にうまくいってほしい。いや、うまくやらなければならないんだ。落ち着け、落ち着け。

小林は自分にそう言い聞かせ、後部座席で深呼吸した。気持ちを静めようとダンボール箱に詰めこんだ外装パーツを確認する。よし、すべて入っている。段取りどおりやれば必ずうまくいく……。そして再び深呼吸。

そんな小林を太田が振り返って茶化した。

「またやってんのかよ。何度確認すりゃ気が済むんだ？　あははは……」

笑ってはいるが、太田も顔色は悪く、さらにダラダラと汗を流していた。緊張をごまかすために、わざと軽々しくふるまっているのが見えみえだ。

昨晩、三人が木村電器・修理部門から借りてきたワゴン車は、かなり年季の入ったマニュアル車だった。外見は油の汚れやへこみでアバタだらけ。後部には交換部品や工具がギッシリ並んで、かなりダシのきいた内装だ。

「ロボット博に行くのに、この車か……」

太田がそのボディを憎々しげに撫でるのを、小林は目にとめた。

「これ、乗ったことあるんですか？」

「ん？　ああ、昔な……。こんなボロ、まだあったんだ」

長井は明日の運転があるのでソファで仮眠をとってもらい、小林と太田が朝までかかってワゴン車から部品と工具を降ろすことになった。それでも間に合わず、車内にネジ留めしてある棚までは手が回らないままになった。しかもボディの両サイドには大きく『確かな技術と新たな発想　木村電器』というロゴが入っているので、その上にカレンダーの裏紙を貼りつけて文字を隠した。鈴木老人を運ぶ車だ。正体がバレてはならない。

「いないですね……」

約束の時間より少し前、木村電器のワゴン車は駅前ロータリーに滑りこんだ。牧田市の中心に位置するこの駅は、木村電器のある工業団地から二キロほどの距離にあり、急行は停《と》まらないが準急は停まる程度で、さほど大きくない。三人は面接のときと同じ格好に変装し、イベント会社の社員を装って揃いのジャンパー姿になっている。長井がハンドルを握りながら、フロントウィンドー越しに鈴木を探してロータリーを一周した。しかしあの小汚い老人の姿は見あたらない。

「寝坊でもしてんじゃないのか?」

太田が窓から顔を出した。

「どうする? 家まで迎えにいくか?」

「いや、それはちょっと……」

小林は渋った。当然、鈴木の住所は分かっていたが、こちらから迎えにいくとなると、互いの関係性が強まってしまう気がするのだ。できる限りそれは避けたかった。

「あっ! あれ、そうじゃないですかね!?」

小林が指さした方向には、ダンディーなスーツ姿の男がたたずんでいた。

鈴木に見えないこともないが……まさかあれが? 田舎《いなか》の駅前には場違いなギャングスターが激しいオーラを放っている。ワゴン車をダンディーの前で停めると、小林はスライドドアを開けて車を降りた。なんと、やはり鈴木老人だ。

「おはようございます、どうぞよろしくお願い申しあげます」

鈴木がムダに格好よく挨拶《あいさつ》した。ダブルのスーツにピカピカの革靴、ツイードの中折れ帽をかぶり、スター気取りのおめかしっぷりだ。小林も、車内の太田と長井もその変貌ぶりに絶句した。浮き足立つ鈴木老人に対し、太田はたちまち邪悪な感情を抱いたらしい。車内に用意してあった黒の全身タイツをわざわざ取り出した。

「お爺さんねえ、せっかくめかしこんで来てもらったけど、すぐにこれに着替えてもらいますんでね」

鈴木の目の前で全身タイツがひらひらと風に揺れた。表情をなくした老人に向かって、太田が意地悪く笑う。

「分かりました」

なんてことない声で答えると同時に鈴木はその場でズボンをストンと下ろし、ブリーフ一丁になった。ちょ、ちょっと待て！　驚いたのは小林たちだけでなく、駅前を歩いていた人々も同様だ。

「いや、車の中で！」

「えっ？　あ、今じゃなくていいのね」

小林にズボンを引き上げられ、ようやく鈴木が理解した。

ロボット博覧会で、絶対にバレてはならないことが二つあった。一つは、〝ニュー潮風が偽物であるということ〟が観衆に。もう一つは、〝これは着ぐるみショーではないということ〟が身代わりの老人に。

鈴木は目が悪くて耳も遠い。そして若い人に比べて感覚がにぶい様子もある。しかも着ぐるみショーに関してまったくの素人だ。これらは木村電器側にとって好都合なことばかりだ。あの金属アレルギーの村上ではなく、鈴木を選んで本当によかった、絶対うまくいく。小林はそう確信していた。

「おい、そっちのビス留まったのか？」

太田にそう聞かれて、小林はハッとわれに返った。まさに今、ワゴン車の中では鈴木に外装パーツを取りつけている最中だったのだ。アイマスクをした鈴木は全身タイツ姿で、足元から徐々にロボット化が進んでいた。

「あの……練習なんかは現地でやるんですか？」

自分がどんな格好をさせられているのかも知らずに、鈴木がはずむ声で聞いた。それがおかしいらしく、太田は必死に笑いをこらえた。小林もつられて笑いそうになりながら、誠実なふうを装って答えた。

「そういうのはね、今日は必要ありません。本当に簡単な動作だけですから」

「へー、そうなの」

練習も段取りもない、そんな着ぐるみショーがあってたまるか！　と小林は心の中で突っ込んだ。太田を見ると、さっきから目の前を飛んでいるハエを気にしているようだった。「ハエごときが車に乗ってるなんてぜいたくなんだよ！」と小さく毒づくと、太い腕を振ってハエを払っている。ハエと遊んでる場合じゃないんだってば。

そしてニュー潮風の装着は頭部へと進んだ。小林がイヤホンを取り出し、鈴木の耳に差しこむ。受信機はもう外装パーツの中に仕込んである。

「じゃあ、しばらく目を閉じててくださいね。顔かぶせますから」

太田の合図でアイマスクを外し、小林と太田の二人がかりで頭部のカバーを慎重に、しかもすみやかにかぶせる。後頭部側と顔面側の二つを同時に合わせると、カチッと音がした。すかさず両側からビス留めする。すると、頭部カバーの中から鈴木の声がした。

「あの……眼鏡は？　ないとぼやっとしか見えないんですよ」

眼鏡の入るスペースなんてないっていうの。それに、わざと見えづらくしてるんだよ。小林がそう思いながらたじろいでいると、太田はすかさず能天気にうけあった。

「大丈夫、大丈夫！　前、どうですか？」

「えっ？　はあ、まあ。なんとなくね……こう、小さくぼんやりと。こういうもんなの？」

それでもまだ腑《ふ》に落ちないのか、鈴木が尋ねた。

「こういうもんなんですよ！」

こんなバケツをかぶせられたら、周りの様子はほとんど分からないからな。納得しろってほうが無理がある。太田も分かっているはずだが、これで押し通すしかないと腹をくくったようだ。小林が送信機のスイッチを入れて、胸のピンマイクで鈴木に話しかけた。

「イヤホンから私の声、聞こえますか？」

「感度良好」

次に、マイクを手でおおって話す。

「鈴木さん、鈴木さん！　聞こえますか！」

鈴木の反応はない。よし、聞こえていない。周囲の雑音は遮断できているわけだ。これで準備は万全、小林と太田が目配せしてうなずく。再びマイクに呼びかけた。

「会場に入って、車から降りたらもうショーは始まってますからね。そしたら私の指示どおりにお願いします」

「了解！」

鈴木も興奮してきたのか、背筋が伸びて声に張りが出てきた。ニュー潮風の準備が完了するのに合わせ、小林と太田がジャンパーを脱いで変装を解いた。運転席の長井はマスクを外すと、前方に目を凝《こ》らした。

三

「見えてきましたよ……」

長井の声で小林と太田がワゴン車のカーテンを開けた。目の前に、ドーム状の巨大な建造物が現れる。『第13回　ロボット博覧会』と大きな看板が掲げられ、入口に向かって大勢の来場者が列を作っている。

こんなに大きなイベントだったのか……。小林は今さらながら驚いていた。ワゴンが入口に到着すると、長井がダッシュボードの上に駐車票を乗せた。それを確認した警備員らの誘導によって、地下駐車場へと導かれる。

広大な駐車場にはたくさんの車が停まっていて、各企業の精鋭スタッフがロボットの準備に走り回っていた。小林は、明らかに見劣りするわが社のワゴン車が恥ずかしくなったが、そんなことを気にしている暇はない。ついにこのときが来てしまったのだ。絶対失敗できない。

今日さえ乗りきれば、地獄の日々ともさよならだ。

所定の駐車スペースにワゴン車が滑りこんだ。待ち構えていたロボット博の担当スタッフが運転席に駆け寄ってきて、長井がウィンドーを開ける。

「木村電器さん、初参加ですよね」

「はい。よろしくお願いします」

「もしロボットの搬入や組み立てがあるようでしたら、車をいったんあそこの搬入口へ……」

小林が車から降りてスタッフの説明をさえぎった。

「いえ、このままロボットを起動して歩いて入場します」

「えっ？　ロボットが、ここから歩いていくんですか？」

担当スタッフが〝信じられない〟といった顔でたじろいだ。そのやり取りを聞いて、他のスタッフたちも車の周りに集まってくる。小林がワゴン車のうしろに向かい、後部扉を開けながらマイクで伝えた。

「それじゃ行きますよ」

長井がノートパソコンを手に後部へ走り、いかにも〝これで操作してますよ〟といった風情《ふぜい》でコマンドを打ちこむふりをした。ワゴン車の扉が開ききると、太田に手を引かれてニュー潮風がコンクリートの地面に降り立つ。

白モノ家電を思わせるどこか古めかしいデザインのロボットが、スタッフたちの前に出現した。中の鈴木は、視界があまりに悪いのでどっちを向いていいのか分からないのだろう、もじもじしながらイヤホンの指示を待っている。一見すると高性能なロボットには見えないはずなのに、その動作は生き物のようにスムーズでバランス感覚も抜群だ。集まったスタッフたちからどよめきが起こった。

「おぉ～！」

ロボット博の主催は工業系新聞社だが、イベントのスタッフの多くは理工学部に在籍する大学生のボランティアスタッフなのだから、もちろん全員そうとうなロボット通である。

小林はつい嬉しくなってつぶやいた。

「よーし、イケるぞぉ」

鈴木が前にずんずん歩き出した。小林の言葉をマイクが拾い「よーし、行け」とでも聞こえたのだろう。とりあえず体の向いていた方向に歩き出したものだから、そのままだとトイレに入ってしまう。

マズい！

即座に追いすがった小林と太田がニュー潮風を両側から取り押さえ、『会場入口』と矢印が指している方向へと軌道修正した。あわてて長井が後を追う。

「すごい……」

スタッフたちからまた感嘆の声があがった。もしかして僕たち、〝すばらしいできばえの二足歩行ロボットと天才エンジニアチーム〟に見えてる？　小林の足取りが軽くなった。

シーン6　ロボット、踊る

一

ロボット博の会場には、さまざまな企業の出展スペースが設けられていた。大々的にパフォーマンスを披露《ひろう》するものもあれば、小さなテントでセンサや半導体などを紹介している企業もある。

来場者の多くは、企業からやってきた仕事モードの技術者たちだ。彼らは皆が皆ヒューマノイド型ロボットを研究しているのではなく、ロボット技術のなかから応用できる、新しいテクノロジーを見付けようという狙いをもっている。内視鏡手術の支援ロボットや、自動お掃除ロボットなどがすでに実用化されているように、ロボット技術から新しい発見が生まれる可能性は高いのだ。

「村田製作所《むらたせいさくしょ》の電動歩行アシストカーだって、『ムラタセイコちゃん』の技術を応用して生まれたんだからねっ」

相手もいないのに佐々木葉子《ささきようこ》は小鼻を膨らませた。

大人たちがところどころで名刺交換をしたり、宝石商のような目つきで小さな部品を眺めたりしている。ときおり行きかうのはテレビや新聞、雑誌、インターネットなどのマスコミ関係者だ。特にキー局のテレビクルーは、大きな撮影機材をかついでいるのですぐに分かる。

学生の葉子は入場料を払って来場している一般の見物客だ。お金を払ってまでロボット技術の見本市に来ようなんて人は、よっぽどのロボット愛好家か、ロボットアニメのような演し物《だしもの》を期待して間違って入ってしまったかどちらかだろう。見回してもスーツ系中年男性の割合が非常に高く、全体的には黒っぽい、茶色っぽい、グレーっぽい、おじさん色の濃い博覧会だ。なかでも若い女性は非常に少なく、あちこちでロボットの写真を撮りまくる葉子は、自分がとても目立ってしまっているのに気付いていた。

「まっ、いつものことだけどね」

少女のような顔立ちに派手なジャケット、ミニスカートをひるがえして、葉子は開場と同時にそこかしこのブースを飛び回っていた。ドドメ色したロボットブースも、葉子がやってくると一瞬で華やぎ、技術者たちは他の見学者に対するのとは明らかに違うテンションで説明してくれる。葉子は、〝世間での認知度はまだまだ、でもあなどれないロボット〟が勢揃いしているようなブースを選んで入念に回っていた。

サーボモータ、インバータ、コントローラなどと並んで産業用アームロボット「MOTOMAN《モートマン》」を作っている安川電機《やすかわでんき》からは「スマートパルV《ファイブ》」が出展されている。逆さにしたお椀《わん》の上に一反《いったん》もめんが乗ったようなごくシンプルな形だが、両腕には七つも関節があるうえに腰まで曲げられるため、床の物を拾ったり掃除機を操ったりもできる。

テムザック社の「PRロボット」は、猫のような耳を持つかわいらしいデザインだが、頭部のプロジェクターからは映像を投影でき、人としゃべったり握手もできる。

大阪のシンボル、通天閣《つうてんかく》をそのままロボットにしてしまったのは「通天閣ロボ」。大阪活性化に向けて通天閣と付近の電気街、商店街が作りあげた。一七〇センチという長身なのに三〇キログラムという身軽さ。関西弁でボケたり突っ込んだりできるすぐれものだ。

二

「わっ、わっ、わっ。いいね！　ナイス！　そのバランス制御!!」

葉子は盛りあがりまくりシャッターを押しまくっていた。センターステージの前には今や多くの観客がひしめいている。先ほどから各企業のロボットがパフォーマンスを披露する、ロボット博のなかでも最も人気を集めるイベントが始まっていた。最新の人型二足歩行ロボットが次々に得意技を繰り出すたび、楽しげなどよめきが会場に響きわたる。

葉子は目立ったブースをあらかためぐってから、センターステージの前に陣取った。開演の一時間も前だったが、なんとしてもイイ場所を取りたい。

とはいえステージ真ん前のベストポジションは、誰もいないくせにロープで仕切られていて、『プレス専用』という札が自慢げに掛かっている。

なんでマスコミが観客より特別待遇されてんのよ。普通、逆でしょ？

そう思っても、文句を言う相手は目の前にいない。しかたないので中央から少し右側の、そこそこのカメラポジションで手を打った。『13ｔｈ ＲＯＢＯ ＥＸＰＯ』と大きく書かれた、高さが五、六メートルはある円柱ディスプレイの前だ。これを背にしていれば、うしろから観客が押し寄せてもアングルを維持できる。

「よし、完璧《かんぺき》なポジショニング」

一人納得して円柱に寄りかかった。とたん、円柱の根元がギシギシと音をたてる。

これだけ大きなイベントのディスプレイでも、意外と安普請《やすぶしん》なんだな……。

葉子はそう思って円柱から体を離した。

開始まであと十分という時間になってようやく、プレス関係者たちが談笑しながら現れ、余裕しゃくしゃくで優先スペースにカメラをセッティングした。

「……まったく、いいご身分だこと」

つい声に出して文句を言うと、プレス関係者たちがいっせいに葉子のほうをにらんだ。しまった……。その瞬間、センターステージからド派手な音楽が流れてきた。パフォーマンスが始まったのだ。記者たちは仕事モードにならざるをえず、ステージに向き直った。ふう、助かった。葉子は肩をすくめた。

司会者がロボットの名前を読みあげると、舞台中央の入口から各種ロボットが自分の脚で歩いて登場する。ロボットを作ったエンジニアたちはそれに続いてステージにのぼった。司会者がエンジニアを紹介すると、口ごもりながらもロボットの特徴や製作時の苦労話などを一所懸命解説する。そのあいだにロボットは得意技やパフォーマンスを披露する、といった流れで進んでいった。「うちの子の晴れ姿」をたどたどしく紹介するエンジニアと、がんばるロボット。その関係はまるでステージママと子役のようで、一般の見物客が見てもほほえましく楽しい光景だった。

三

パフォーマンスも中盤にさしかかった頃、うしろの客のほうから不満げなざわめきがあがった。葉子が首を伸ばして見ると、ワサワサとすごい勢いで人波をかき分けて前に向かう女の姿がある。

「すいません、通してもらえますか、すいません」

女は恐縮しながらも、観客の鼻先を堂々と横切った。抱えている大きなカメラバッグと三脚が容赦なく人に当たっているが、まるで気付かない。ひんしゅくを買いながらプレス席のエリアに突進したが、当然、そこは大手マスコミが占めている。

どーすんだろ……。

見ていると女はすごすごとプレス席に背を向け、あろうことか葉子のすぐそばにむやり三脚を設置し始めた。抗議の意味をこめてじろじろ眺めてやる。三十歳くらいかな……。首からさげたIDケースに『伊丹弥生《いたみやよい》』と名前があり、腕章には『Mケーブルビジョン』とあるから、マスコミ関係者であることは間違いない。わあ、図太い人がいるもんだ。こんな中途半端なタイミングで入ってきて、何が撮れるんだろう？　他に手伝う人間もいないようだし……。

弥生が三脚の上にビデオカメラを乗せた。三脚の弱々しさとは対照的に、カメラは大きすぎてどう見てもバランスが悪い。こんどはそのカメラにバッテリーを差しこもうと四苦八苦している。葉子はじれったくてムズムズした。

「ここですよ」

葉子はバッテリーをさっと奪い取り、フタを開けて装着してやった。その女・弥生はポカンとしつつも、見知らぬ女の子の助けに素直に感謝した。

「あ、どうも……ありがとう」

「いえ……」

これがきっかけといえばきっかけで、その後、何かというと弥生は葉子に話しかけてくるようになった。

「あのロボット、どこがすごいの？」

「さっきのとどこが違うんだろう？」

「何がどういいんだか、さっぱり分からない」

弥生から質問が繰り出されるたび、葉子は一つひとつ答えていった。

「あなた、もしかしてロボットオタク？」

弥生が悪びれもせず、こう言い放った。なんかもっとましな言い方ないかなあ、と思ったけど、間違いではない。「あ、はあ……」と答えるしかなかった。

四

メインステージの舞台裏では、木村電器の三人とニュー潮風が待機していた。司会者とやり取りする役回りの太田が、手のひらに紹介コメントをメモして何度も暗唱する。

「えー、われわれ木村電器は本来、白モノ家電を作る会社です。それがなぜ、ロボットを作るにいたったのかと申しますと……」

緊張のために汗ばみ、眼鏡が曇っている。太田は眼鏡を拭《ふ》くと、大きく深呼吸した。

「ああ……やっぱおまえ、この役代わってくんない？」

と、いきなり横の長井に振った。

「イヤですよ。そういうの、太田さんがいちばん得意でしょ」

長井はあっさり断ると、ノートパソコンの画面の汚れを綿棒でグリグリとこねくり回した。

その横で小林は、鈴木への指示を出す発信器とマイクとの接続が悪いことを気にして、キッチリはまるよう調整していた。

まいったなあ……。こんなものくらいリサイクルショップじゃなくて、ちゃんとした量販店で買えばよかった……。

今さらそんな後悔をしても遅いのは分かっていたが、つい文句が出た。するとマイクから送信機が外れてコロコロと床に転がった。まずい！　壊れたら替えがない。小林は送信機を拾ってマイクにつなぐと、念のため五メートルほど離れて立っている鈴木に送信した。

「あー、あー。鈴木さん……聞こえますか？」

鈴木は大きくうなずき、マスクの耳のあたりをコンコンと指先で叩いた。ああ、よかった……。小林が安堵《あんど》すると、ニュー潮風はやにわに舞台袖のほうへと歩き出した。

五

「あんまり動き回らないでくださいよ！」

イヤホンから小林という男の声が聞こえる。分かってる分かってる、とジェスチャーで返事を返し、鈴木はそっと表舞台の様子を覗いた。

目の前にあいた小さな穴から、ステージに群がる観客がうっすらと見えた。

「すごい規模のショーだな……」

そうつぶやくと、鈴木は自分でも思いのほか緊張しているのが分かった。なんだかロボット衣装の中が暑い。

「ふぅ～……、暑いな……」

そのとき、ふと誰かがそばに立っているのに気付いた。カーテンで隠れていて今まで分からなかったが、出番を待って待機している小柄なロボット出演者がそこにいたのだ。同じ舞台に立つ仲間だ。失礼があってはならない。鈴木がそっと話しかけた。

「これはご苦労さまです。私、鈴木重光と申します。これ、蒸しますよねえ。あなた平気ですか？」

握手をしようと手を差し出す。しかし、その小さな共演者は鈴木を無視してステージ側へ歩き出した。鈴木は無礼な態度にムッとした。

あのチビはなんだ!? こっちは主役なんだぞ。

すぐにでも追いかけていって謝罪させたかったが、すぐそこはステージだ。プロとして、観客の前で舞台裏の揉めごとは見せられない。鈴木はぐっとこらえた。

六

「それでは、次のロボットをご紹介しましょう、『ヴイストン・ティクノ』君です!」

司会者の紹介で小さなロボットがステージ中央へと歩みを進めた。続けてエンジニアが五人、ステージの端に並ぶ。

「このティクノ君は、非常に高いコミュニケーション能力の持ち主で、なんとしゃべれる言語は十ヶ国語以上だそうです!」

司会者の言葉を受けて、ティクノが身ぶり手ぶりをまじえながらしゃべり始めた。

「僕ノ名前ハ、ヴイストン・ティクノ。イロンナ国ノ言葉デ、皆サント仲良クナレルンダヨ」

続けて英語や韓国語、フランス語と流暢《りゅうちょう》に自己紹介をした。大きな歓声があがる。

さらにはサッカーボールを蹴飛ばしたりするだけで観客が拍手する。舞台裏でその様子を見ていた小林は、あんなの僕らが作れるわけないじゃん、とあらためて思っていた。

ま、鈴木老人が動いてくれれば今日だけは……と鈴木を見やると、喝采《かっさい》を受けるティクノをじっと見て拳《こぶし》を握りしめている。

ティクノの出番が終了し、退場するために再び舞台袖に歩いてきた。さりげなくその動線で待っていた鈴木が、小林が止める間もなくひょいと脚をひっかける。ティクノはもののみごとに前のめりに倒れ、ドーン！　というにぶい金属音が舞台裏に響いた。ティクノのエンジニアたちが泡を食って走ってくる。

「なんだなんだ!?　どうして転んだんだ!?」

皆にかつがれてティクノは運ばれていった。ニュー潮風が小さくガッツポーズをする。

「鈴木さん、何してんですか、出番です！」

小林は大あわてでマイクにささやいた。

七

いよいよ本番だ……。頼む！　うまくいってくれ！

小林は太田と一緒にニュー潮風の両手を引き、長井がノートパソコンを携えて続いた。さわやかな入場曲とともに、司会者の声が会場に響く。

「次は、木村電器の二足歩行ロボット『ニュー潮風』の登場です。どうぞ」

まぶしいスポットライトの当たるステージに、ニュー潮風が二足歩行を進める。

「鈴木さん、歩いて。まっすぐです……」

小林は腹話術師のようにほとんど口を動かさず、マイクで鈴木に指示を出した。

「そう、そこで止まって。えー、まず右にお辞儀、左にお辞儀、最後に正面」

言われるままにニュー潮風が観客に向かってお辞儀をする。まばらな拍手が起こった。

……そうだよな。これまでいろんなロボットの特技を見てきたお客さんには、この程度のパフォーマンスじゃ面白みもへったくれもないよな。それに、どうひいきめに見ても格好いいとはいえない見てくれだし……。小林が客席に目を凝らしていると、ニュー潮風を見たとたんにその場を離れる観客もちらほらいた。

司会者がその反応を敏感に察知し、興味を引こうとマイクを握る。

「えー……、木村電器の主力商品は冷蔵庫、洗濯機、エアコンなど……いわゆる白モノ家電ですが、なんと今回〝自分で考えて行動する二足歩行ロボット〟の開発にも成功しました。いわゆる自律型といわれていますね」

司会者は観客の視線をなんとしても集めようと、硬直したままの太田にさっと体を向けた。

「こちら、開発スタッフの太田さんです。太田さん、苦労した点などお聞かせください」

「えっ……？　ええと……苦労、ですか……？」

木村電器チームの段取りが狂った。太田は手のひらのメモをただ読めばいいと思っていたので、いきなり質問されて頭が真っ白になっている。観客がじっと三人を見ている。完全に会場の雰囲気に飲まれ、太田の顔中から汗がジャージャーと吹き出した。汗が目に流れこんでくるのか、額の汗を手でぬぐった。

ああっ、太田さん、そんなことしたら！

固まる小林の前で、用意した原稿を読もうとしたらしい太田は、いま汗をぬぐったばかりの手のひらを見詰めて目をむいた。そりゃあそうでしょ。手にメモしたニュー潮風の紹介コメントは汗で真っ黒ににじんでいる。勧進帳《かんじんちょう》のように自分の手を凝視しながら、太田の肩が激しく上下し始める。なんか言って！　もと実演販売員だろ！

「いやっ……ええと……普段作っているのが……その、家電製品なんで……」

話す内容がまったく思い出せなくなっているらしい。太田はしどろもどろになってランチュウみたいに口をパクパクさせた。観客が怪訝な顔でこっちを眺めている。ああ、もうダメだ！

そのとき、太田の横で次の指示を待っていたニュー潮風の動きがおかしくなっていた。頭を小刻みに振ったかと思えばひじをくすぐったそうにビクンと上げる。しきりに何かを払うようなしぐさを始めるにいたり、小林はあわててマイクにささやいた。

「ちょ、ちょょっと鈴木さん！」

制止しようとした瞬間大きく横に振り出されたニュー潮風の左腕が、すぐそばにいた太田の鼻を強打した。

「痛《い》ったあ！」

次の瞬間に小林は見た。鈴木がかぶったマスクの呼吸口からハエが飛んでいく。ワゴン車で太田にまとわりついていたヤツだ。これを追っ払おうとしてジイさんは……最悪だ。

「何すんだオイっ!?」

我慢ということを知らない太田は、反射的にニュー潮風をどなりちらした。いや、太田さんとしてはジイさんに文句を言ったつもりなんだろうけど、自作のロボットに本気でどなるエンジニアなんていないでしょ……。小林が横目でうかがうと、長井もノートパソコンを抱えたままその場で固まっていた。

鈴木老人は何が起こったのかまったく理解していないらしい。ぼやける視界では太田が自分を見ていることしか分からないはずだ。ニュー潮風は〝どうしたの？〟という顔を太田に向けている。司会者がとりなすように口をはさんだ。

「まあまあ、仲間割れしないで。ね？」

観客がドッと沸いた。えっ？

そうか、今のはガンの飛ばし合いに見えてたのか。観客がこれまで見てきたロボットはエンジニアと親子関係のようであったり、友達同士のようだったり、仲良さそうにふるまっていた。しかしドツキ漫才のようにいがみあうエンジニアとロボットは、なるほど初めてだろう。大受けする観客に半笑いで応《こた》えながら、太田は〝これはこれでＯＫ〟という気分になってきたようだ。ウケてるぞ！　太田は完全に緊張が解けた様子で、司会者のマイクを奪い取ってとたんに饒舌《じょうぜつ》にしゃべり出した。

「えーとぉ……なんでしたっけ、あ、苦労ね？　そりゃあ苦労は多かったですよ。本当のところ、われわれロボットのことなんかさっぱりなんですよ。社長の鶴《つる》の一声で、この三人でやるハメになりましてね。私なんかもともとは洗濯機の営業ですし、彼はエアコンのＩＣで、あっちは梱包担当ですからね」

　そう言って小林と長井を紹介した。各企業の精鋭が揃うロボット技術者の言葉とも思えぬ、冗談か本気か分からない話に観客は爆笑の渦になった。それと呼応するように太田の唇はなめらかに動く。考えるより先に言葉がスルスルと飛び出してくるようだ。

「最初なんか、リストラ目的のいやがらせじゃないかって、私ら本気で覚悟したくらいですから。それでまあ、近所のオモチャ屋で買ってきたロボットを分解したり、うちの家電のスクラップから部品取ったりして……いや！　いやまあ、今のは冗談ですけれどもね」

　もうやめてくれよ……。小林は太田のよく回る舌にハラハラしていた。観客が笑うのはいいけど、ぜんぶ本当の話じゃないか。あんまり余計なことは言わないでほしいなあ。

「……いや、そんなことより、やるべき仕事に集中しよう」

小林はつぶやくと、会場内のあちこちに設置されたテレビモニターの位置を確認した。ステージ中央の高い位置にあるのが話題のLED300インチモニターだ。会場にある複数のカメラがとらえた映像が、リアルタイムで映し出されている。ここにニュー潮風の胸にある『木村電器』のロゴマークが大映しになれば、必ずどこかしらテレビ局のカメラに収まるはずだ。

「鈴木さん……そのまま正面を向いて、お客さんに向かって手を振って」

小林の指示でニュー潮風が手を振る。その様子が大画面に映ったが、タイミング悪く斜めの位置からのカメラに切り替わってしまった。腕がダブって、社名が見えそうで見えない。

「ああっ……！　ええと……四五度、時計回り！　もっと両手を高く！」

ニュー潮風が小林の指示に従うと、社名ロゴがバッチリ映った。

「よし、やった！　映ったね？　映った映った」

小林が長井とうなずきあい、次に太田を見た。太田もニヤリと笑って大きくうなずく。

社長に言われた目的はこれでちゃんと果たした。ニュースやらワイドショーやらで取りあげてくれるかどうかは、僕たちには関係ない。とにかくやるべきことはやったんだ。

「はい、じゃあ鈴木さん。さっさとひっこんで」

小林がそうマイクに話しかけながら、三人はニュー潮風に集まった。目的さえ達成できれば、こんなところに長居は無用だ。

「えっ!?　なんだよ、これだけか？」

ニュー潮風が驚いたように小林を振り返った。あまりにもあっさり出番が終わってしまい、拍子抜けしているらしい。構うものか。

司会者も突然の終了にあわてた様子で、太田からマイクを受け取った。

「あら、はい。あ、終了なんです……ね？」

当惑ぎみだが登場のときよりは明らかに大きな拍手が観客席から起こる。その拍手にギクシャクと背を向け、とっとと逃げ出そうとしている三人の背に、客席から叫ぶ声があった。

八

「あのーっ、すみません！　他には何ができるんですか？　今のでおしまいじゃないですよね？」

葉子は驚いて隣を見た。ケーブルテレビの弥生が期待に満ちた表情でステージからの返事を待っている。特別なパフォーマンスがなくても、人間と同じ大きさのロボットが二足歩行をするだけで、実はそうとう高度な技術が必要なんだよ。それを「もっと面白い芸はないのか」みたいに言って。猿回しじゃないんだから。

ステージの上で、退場しかけていたエンジニアがぎくっと振り向いた。さっきの饒舌ぶりはどこへやら、また緊張した太っちょに戻った感じだ。

「これでおしまいですっ。ありがとうございました！」

そう言うと三人はさっさとステージから舞台裏へと引きあげた。あまりに急いだので、ニュー潮風を追い越してひっこんでしまう。

一人残ったニュー潮風の背中に、観客のなかからまた声がかかった。こんどは小さな男の子だった。さっきの弥生の声につられたのだろう。

「つまんねえの。あっちのロボットのほうが全然すごいじゃん！」

しなくてもいいのに司会者が男の子にマイクを向けた。そのせいで会場全体にその心ないコメントが響き、観客がどっと笑った。ニュー潮風がピタリと立ち止まり、踵《きびす》を返す。

その少年が指しているはす向かいのブースには、なにやら踊っている人型ロボットがいた。

青とシルバーのカラーリングで、アニメに登場しそうな格好いいフォルム。そのボディには「ＨＲＰ－２」と名前が記されている。葉子は少年の慧眼《けいがん》に舌を巻いた。「ＨＲＰ－２」、通称「プロメテ」は川田工業《かわだこうぎょう》と産業技術総合研究所、安川電機、清水建設の共同研究で開発された、つまり日本のロボット技術の結晶といっても過言ではない、かなりの高級ロボットだ。頭部に三眼ステレオカメラ、胸部に三軸ジャイロセンサと三軸加速度センサ、両手両脚に六軸力覚センサを搭載しているうえに股関節《こかんせつ》が片持ち構造なので両脚をクロスさせ、平均台の上も歩けるという他に類を見ない超ハイテク構造である。

そんな最先端技術を集約したロボットが、こともあろうに「会津磐梯山《あいづばんだいさん》」を踊っている。選曲者のセンスを疑いかけて葉子は、まぁ、民謡のほうが老若男女にアピールできるからしかたないかと思い直した。

九

鈴木はステージ上でわなわなと震えていた。

少年がなにやら叫んで指さした先では、自分より背が高くてスマートで、明らかに格好いいロボットが踊っていた。なめらかに、ときにきびきびと、まるで民謡の師範のような艶姿《あですがた》を披露している。不完全燃焼だった鈴木は、にわかに口惜《くちお》しくなった。本番ったって、やったのは前に出て、ハエを追って、手を振っただけだ。この「ロボくん」はそんなもんじゃないぞ！　俺の本当の能力を見せてやる！

鈴木は突然おてもやんを踊りだし、ステージを下りてプロメテのブースへ向かっていった。

十

木村電器の三人は舞台袖でギクリと足を止めた。いったんは静まりかけた拍手が、どよめきとともに大きくなっている。振り返るとニュー潮風の姿がない！

「さすが！〝自分で考えて行動する〟とは、こういうことなんですね！」

「おお〜っ！」

勝手にあおる司会者と勝手に盛りあがる観客の声を聞きながら、三人はステージ入口に駆け戻った。いやな予感がする。

「あっ……！」

なんとニュー潮風がよそのロボットブースに上がりこんで、プロメテをにらみつけながらダンス対決をぶちかましている。それを見て太田が地団駄を踏んだ。

「あのジジイ、勝手に何やってんだ！」

「鈴木さん！　もうおしまいだから戻って！」

小林は必死にマイクに呼びかけたが、ニュー潮風は無反応だ。ふとマイクコードを見ると、送信機がない。どこかに落としたらしいが、周りを見ても見あたらない。

会場では、ざわめきがウェーブのように広がって大騒ぎになっていた。

十一

今や葉子はニュー潮風の動きにすっかり惹《ひ》きつけられていた。あの子どもの言葉を理解し、相手のロボットが踊っているのを見て自分も踊りで対抗するだなんて。

「すごい……」

気がつくと何枚も写真を撮っていた。マスコミの記者たちも観客も、ダンス対決をするロボット見たさに、「プロメテ」ブースの方向へ集まってくる。人の波に押されて、葉子もいつの間にか最初にいた場所からずいぶんと流されていた。ふと見ると、弥生も別方向に流され、遠くで何か叫んでいる。

「それ、お願い！」

十二

弥生は三脚のそばに立っているロボットオタクの女の子にビデオカメラを指した。葉子と名乗ったその女の子は、ビックリした顔をして三脚をつかんだ。

「えっ？　これ!?」

弥生はニッコリしてうなずいた。プロが素人に機材を任せることなどあってはならない、などと考える弥生ではない。葉子はビデオカメラの乗った三脚を支えてしばらくこらえていたが、人波に押された衝撃で自分のデジタルカメラを床に落としてしまったらしい。

「ああっ……！」

拾おうにも身動きが取れないようだ。弥生は葉子のほうを見て「げっ」とうめいた。

葉子の頭上では円柱ディスプレイが押し寄せる来場者の圧力に負けて倒れかけていた。もともと設置の甘い足場がもげて、大木が切り倒されるように、ゆっくりと倒れ始める。それに気付いた観客たちは、海が割れるようにまっぷたつに分かれた。そうとは知らず、葉子は突如として潮の引いた浜辺に、自分のデジタルカメラを発見してしゃがみこんだ。

「あった！」

カメラを拾おうとしたとき、自分の背後に巨大な円柱が倒れかかっていることにようやく気がついたらしい。葉子は大口を開けた。

「ぎゃあああああっ！」

十三

それから先に起きたことは、小林の目にはまるでスローモーションの悪夢に見えた。

ステージの下では観客が押しあいへしあいしながら、倒れかかる巨大円柱から逃げようとしていた。しかし直撃を免れないあたりでたった一人、女の子が横座りになって叫び声をあげている。あまりに驚いて動けないでいるらしい。

と、視界を横切るものがあった。ニュー潮風が驚くべき速さで女の子に駆け寄り、彼女の手を取り強くひっぱったのだ。円柱は女の子をかすめ、ドーン！　と横倒しに倒れた。甲高《かんだか》い音をたててプラスチックの破片が飛ぶ。潮風の一部かっ!?　と目を凝らしたが違った。デジカメかなにかみたいだ。

「ちょっとすみません、ちょっと」

小林たちは人波をかき分け、二人に近付こうとした。

間一髪《かんいっぱつ》でロボットに助けられた女の子は、力が抜けたようにへナへナと座りこんだ。熱っぽい目でニュー潮風を見上げている。ニュー潮風も女の子を熱く見返して……あれ？　違うな。どこ見てんだ？　命の恩人であるロボットがはだけたスカートの中を凝視しているのに気付き、女の子はあわててミニスカートのすそを整えた。小林があと一歩というところまで近付いた瞬間、女の子がしがみついていた三脚の上のビデオカメラがスライドし、ニュー潮風の頭部に激突した。ゴン！　といい音がする。

頼むからここでだけは壊れないでくれ！

小林は息せききってニュー潮風に近付き、耳元で話しかけた。

「鈴木さん、もうさがりますよ」

小林と太田はニュー潮風の腕を取って、引きずるように回収した。長井はまだパソコンを抱えてはいるもののパニック状態に陥っていて、青白い顔で独り言をつぶやいていた。

「もうダメだ……絶対バレてる……おしまいだ……」

そんなこと言ってる場合じゃないよ。とにかくこれ以上人目にさらされるわけにはいかない。早く退散しなくちゃ。小林たちは背を丸め、誰とも目を合わせないようにして出口に急いだ。

パチ、パチと拍手が聞こえたのはそのときだ。え？　ととまどううち、ニュー潮風と三人は大喝采に包まれていた。え、なに？　もしかして……人が入ってるって、バレてないの？　善良な笑顔でいっぱいの観衆による、惜しみない拍手はいつまでも続いた。

何も知らない鈴木は感激して、三人を振り払っておおげさなお辞儀をした。老人がマスクの中で、何度もつぶやいているのが聞こえる。

「ありがとう皆さん、どうもありがとう」

十四

駅前にワゴン車が到着しても、鈴木は興奮を抑えきれず一人でしゃべり続けていた。

「いやあ、びっくりしちゃったよ、すごいステージだったなあ！　おおそうだ、おてもやんどうだった？　習ったばっかりだけど、なかなかいけるだろ？　それにしても『ロボくん』ってのは人気あるんだねえ、全然知らなかったよ。次のショーはまだ決まってないのかなあ？」

なんだこいつら、若いくせにグッタリしやがって。ノリが悪いっていうのか？　こういうの。

「……次のショーね、もし決まったら連絡させてもらいますんで。じゃあお疲れさまでした」

大成功を祝いあいたかったのに、小林は強引に日当の三万円をわたしたかと思うと、鈴木を車から押し出すようにした。駅前に鈴木を残し、ワゴン車はすごい勢いで走り去っていった。

……なんだよ。「ロボくん」はあんなに大盛況だったのに、主演俳優に対してその扱いはあまりに冷たいじゃないか。でもまあいい。久しぶりに体を動かしたせいか、足腰はあちこち痛むが気分は爽快《そうかい》だった。しかも臨時収入まである。これで孫たちに何を買ってやろうか……そう考えると、体が軽くなった。

家まで散歩しながら帰ろう。と、鈴木は夜空の星を見上げて歩き出した。

シーン7　社長、暴走する

一

昨夜《ゆうべ》の打ち上げは、それはそれはたいそう盛り上がった。

「こんなにうまくいくなんてなあ！　まったく、信じらんないよ！」

太田が涙を浮かべて喜んでいる。鈴木が勝手に踊り出したときは正直、小林も寿命が縮んだが、まさかの展開で結果オーライ。これでロボット開発部はぶじ解散。それぞれ元の職場に戻って安泰だ。もうおまえみたいな鉄クズなんかとはさよなら！

そんな勢いからか、空っぽのニュー潮風がビールやらシャンパンやらを浴びたままソファに放り出されている。幸せな気分で上体を起こした小林が周囲をぼんやりと見回すと、朝日が差しこむロボット開発部には、飲んで食って騒いだ痕跡《こんせき》があちこちに散乱していた。太田も長井も、解放感いっぱいの穏やかな顔で眠りこけている。

と、突然大きな音で扉が開いた。

「やってくれたなあ、おまえら！」

カピバラ、いや木村社長の大声に、いぎたなく眠りほうけていた太田と長井も跳び起きた。

寝ぼけながらも、何事かと社長の前に集まる。木村は三人の姿を検分すると、簡単な手さばきで服装や髪型をササッと直した。

「……まあいいだろう。よし行こう」

「えっ？」

三人は、何がなんだか分からぬまま開発部から連れ出された。

なんだなんだ!?　何があったんだ？

廊下をかなり速い速度で社長が歩いていく。三人はついていくのがやっとだ。小林はまだ眠たい脳にできるだけ血を送りこんで考えようとしたが、アルコールも残っていて思考回路が働かなかった。

ふと見ると出社したばかりの社員たちが、ヒソヒソと小声で話しながらこちらを眺めている。そのとき、太田が小林と長井をひじで突《つつ》いた。見ると、社長の手には新聞が握られている。その一面になんと、ニュー潮風の写真が大きく掲載されているではないか。

長井の顔が一瞬にして土色になった。

「バレたんだ……おしまいだ……」

震える声を聞いて、小林も全身から血の気《け》が引いていくのを感じた。

入ったばっかりの会社なのに、クビかよ！

社長について三人が社長室に入ると、新聞記者とカメラマンがぎっしり並んでいた。十五人はいるだろうか。小林は覚悟を決めた。ああ、やっぱり。もうおしまいだ。今からあの〝謝罪会見〟というやつをやるんだ……。

三人はすっかり観念して、誰ともなくほぼ同時に土下座した。

「申し訳ありませんでした！」

「……何してんの？」

キョトンとした社長の声が聞こえた。

「えっ？」

頭を上げると、社長が三人の前にさっきの新聞を放った。ニュー潮風の写真と、ゴシック体で書かれた見出しが目に飛びこんでくる。それを読んで三人とも息を飲んだ。

二

鈴木重光は、朝からすこぶる気分がよかった。珍しくご飯をおかわりし、最後に茶碗《ちゃわん》にこびりついた米粒をお茶でこそげ落とすと、ズルルと喉を鳴らして飲みくだした。

ああ、いつもと変わらぬ飯だが、なんてうまいことか。それにつけてもこんな充実感は久しぶりだ。一日限りの着ぐるみショーとはいえ、あれだけの喝采を浴びて主役を演じきったのだ。まあ多少、勝手なこともしてしまったが、結果的には人助けをしたわけだし、なにより観客があんなに喜んでいた。歳《とし》はとったが、まだまだやれるじゃあないか。

テレビでニュースが始まった。

昨日はどこかで大きな催し物があったようだ。キャスターの横に中継録画が映し出され、昨日、近くの都市で行われたとかいうロボット博の映像が流れ始める。やがて画面は、あるロボットを大映しにした。

『……視覚・聴覚の情報をもとに、自分で状況を判断して危険な人を助ける……。こんなに高度なロボットが可能になったんですねえ。木村電器という家電メーカーが作ったロボットなんですが……』

ロボットの胸には『木村電器』の四文字が並んでいた。叫ぶ女の子をとっさに助けるロボットの映像に、鈴木は思わず画面に顔を近付けた。

ん？　なにか見たことあるような……。

ロボットが座りこんだ女の子のスカートの中を見詰めていると、ビデオカメラがスライドしてロボットの頭をゴツンと強打する。あっ!?　これは……！　鈴木はようやく気付いた。

「昨日の着ぐるみショーだ！」

三

「はーい、すみませーん。こんどはこっちに目線くださーい」

木村電器の社長室では小林、太田、長井の三人が大勢の記者に囲まれて取材を受けていた。中央紙、地元紙、タウン誌、その他いろいろ。各媒体のカメラマンがシャッターを切るたびにフラッシュが瞬《またた》き、小林たちをギラギラと照らした。

「これから生活が一変しますよ、どうしますか？」

と一人の記者に質問されたが、三人ともボーっとしていて、質問に答えるどころではない。

「……えっ？」

小林は頭を整理しようと努力したが、だめだった。答えを待っていた記者が、じれったそうにもう一度聞いてくる。

「これからね、どうされるんですか？」

見かねたらしい木村社長が、上機嫌なまま記者を制して三人に向き直る。

「あーそうか、君らはまだよく分かってないんだな。〝ニュー潮風にぜひ来てほしい〟って、今朝《けさ》から出演依頼やら問い合わせやらがひっきりなしだ。忙しくなるぞぉ！」

「えぇっ……!?」

小林は腰が抜けるほど驚いた。太田と長井ものけぞっている。そんな話は寝耳に水だ。針のむしろのレッドカーペットが、目の前でえんえんと敷かれてゆくように思えた。小林が記者たちの目を盗んで、そっと社長に耳打ちした。

「あの……ロボットって一度きりって話じゃ……」

「ん？　それがどうした。アハハハハ」

アハハハハじゃないよ！　話が違うじゃないか！

小林は社長の胸ぐらをつかんで巴投《ともえな》げしてやりたい気持ちだった。もちろんそんなことできるはずないが。プルルと安い音で内線電話が鳴り、社長が取った。

「ん。ああそうか、うん、うん。取れたか、よかった！」

受話器を置くのも早々に、とんでもない話を切り出す。

「えー、さっそくだけれども、このあと三時から、駅前広場でロボットのお披露目《ひろめ》をすることになったもんで。もしよかったら記者さんたちも、ね。そちらにもおいでくださいよ。ニュー潮風のアクションを堪能《たんのう》してってください！」

……これが社長の本当の恐さだ。自分では最高のアイデアを提供しているつもりだろうが、その裏では内臓をバーミックスでこねくり回されるくらいつらい思いをしている社員がいることを、まるで分かってない。

小林は、あまりの展開に脳味噌《のうみそ》がゆであがりそうな気分だった。見ると太田の汗腺《かんせん》は決壊し、その隣では長井がゲロを吐いていた。

四

「Mケーブルビジョン」は駅のある繁華街から一キロほど離れた、もう住宅街に近いあたりの雑居ビルの中にあった。

テレビ局とはいえ、放送している範囲は市内とその周辺地域に限られているので規模はとても小さい。社員は総勢で十二名、放送している内容も地域密着型のローカル情報番組がメインである。

伊丹弥生は、入社して五年の新人ディレクターだった。五年もやってて出世が遅すぎないか、と疑問に思う人もいるだろう。それは彼女の性格がおおいに関係している。誠実だし一所懸命だし健康だしそこそこの美人だし、人並みの野心だってある。しかし、神経が確実に一本足りないのだ。それが災いしてちょこちょこと、しなくてもいいヘマをする。

外国人に取材する際に、握手しながら足を踏んでいたことがあったり、老人向け健康施設での収録中に「冥土《めいど》の土産《みやげ》に楽しんでいってください」とコメントしたりする。

「無神経とかガサツという言葉ではくくれない、超越したネジの飛び具合だ」と上司の山本《やまもと》はいつもぼやいている。

部長の山本はいつも、弥生の多少のヘマには目をつぶってくれていた。「テレビなんだから、映像と音声さえまともに収録されていれば番組は作れる」が信条なのだ。

「しかし、だ」

朝のこの時間帯は、各局ともワイドショーニュースを流している。番組では話題のロボット、ニュー潮風が身を呈して観客の女の子を助け、ビデオカメラが頭に激突するという映像が繰り返し使われていた。そこに映っているのは、わが社のビデオカメラだ。

山本は嫌味たっぷりに弥生を振り返った。

「世間にはいいネタ提供しといてさあ……自分のところのカメラにはこんなのしか映ってないんだもんな～」

弥生のデスクの上には、ニュースに映っていたあのビデオカメラがあった。ケーブルでつないだテレビに映っているのは、人波にもみくちゃにされてガタガタと揺れる映像だ。最後にはニュー潮風の頭にレンズが激突して終わる。とてもじゃないが、放送に使える代物ではないのは弥生にも分かった。

「あんな子どもに商売道具任せるなんて、考えらんないよまったく」

山本が奥のカウンターで待っている葉子を指さす。弥生はさすがにヘコみながらビデオカメラからテープを取り出した。

「もうそのテープ、やりくりにしちゃっていいよ。ホラ、もう行けって。待ってんだから」

山本はテープの中身の消去を命じると、椅子ごとくるりとそっぽを向いた。弥生は席を立って、葉子のところに力なく向かった。

「お待たせしてごめんね」

「いえ、なんかすみません……」

「なんであなたが謝るの？　いいのいいの、気にしないで。私なんていっつもこんな感じよ。えーと……じゃあ、これカメラの修理代ってことで。ここに住所と名前書いて、拇印《ぼいん》、押してもらえる？」

弥生は現金入りの封筒と領収証をわたした。昨日のロボット博で壊れてしまった葉子のデジカメの修理代だ。

「……ハァ〜」

弥生が思わず深いため息をつくと、目の前の女の子はハッとして、領収書に書きこむ手を止めた。

「あ、違うの。もとはといえばこっちがビデオカメラを任せたせいだし、危ない目にあわせちゃったんだから、弁償くらいさせてよ。それに、払うの私じゃないから。会社だから」

葉子がホッとした顔をする。弥生はさっきのミニDVテープを恨みがましい目で見詰めた。今回の失敗のことをすぐにでも忘れたい。こんなテープ早く処分したかった。

「ハァ〜……」

再びため息が漏れた。そのテープをじっと見て葉子が言った。

「私思うんですけど、あの映像ってすごい瞬間が撮れてると思いますよ。だってニュー潮風があんなドアップで……なんかモーターとかオイルの匂《にお》いまでこっちに届いてきそうな……臨場感たっぷりですよ！」

ロボットオタクに誉《ほ》められてもねえ……。

「これほしい？」

弥生はなにげなく言ってみた。

「えっ!?　本当ですか!?　嬉しい！」

あまりの反応に驚いたが、どうやら本気で喜んでいるらしい。

「宝物にします！」

葉子はそのテープを受け取ると、クンクンと匂いをかいで恍惚《こうこつ》の笑みを浮かべた。ニュー潮風の匂いなんてしないのは分かってるのに、そうせずにはいられないようだった。

シーン8　老人、怒る

一

昨日の「ロボくん」ショーのことを、どうしてもあの連中に問いただざなければ。

鈴木はイベント会社に連絡を取ろうと、洗濯機に突っ込んであったジャージのポケットから面接のチラシを探し出した。しかしそのチラシの裏表をいくら読み返しても、イベント会社の連絡先は書いてなかった。いや、この角の欠けた部分に「ロボくん」のイラストがあったはずだ。ゴミ箱をあさったが、このあいだの可燃ゴミの日に出してしまったらしく「ロボくん」部分はすでに姿を消していた。

あれ。会社の名前はなんていったか……。

思い出せない。そういえば、一度もこちらから連絡したことがなかった。そうだ。さっきのニュースで、ロボットの胸に会社名が書いてあった。なんて書いてあったか。再びテレビをつけるが、あいにくどのチャンネルもロボットのニュースはやっていない。

どこかにないか、どこかに……。

やっと今朝の新聞の一面に写真を見付けた。まさに鈴木が入っているロボットの胸に、『木村電器』と書かれた赤い文字があった。なんだ、電器屋みたいな名前だな。この名前見たことがあるぞ。街の外れの工業団地に、同じ名前の会社があったはずだ。

鈴木は電話帳をめくり、番号を調べて電話をかけた。

「あっ、そちら木村電器ですか……？」

『こちらは木村電器、自動案内です。音声メッセージに従い担当部署を選択してください』

受話器から合成音声のガイドが流れ始めた。

ちっ、最近の会社ってのはなんでこう、機械任せなんだ。分かりにくいったらありゃしない。詳しくはホームページでとかいうやつも許せない。誰でもパソコンを持ってると思うなよ。

鈴木は関係ないことにまで腹を立てた。そうこうしているあいだに、ガイドは勝手に流れ続ける。

『……事業部は、1を、営業部は、2を、企画部は、3を……』

「えーと、企画部だ、3だ」

3を押す。

「ん？　あっ、違うか？」

『3の、企画部、ですね？　よろしければ、1を、番号を入力し直す場合は、2を……』

今度は2を押す。

『番号を、入力し直しますね？　メッセージを最初からお聞きになる場合は、1を、途中からお聞きになる場合は……』

そこまで聞いて我慢が限界に達し、乱暴に電話を切った。

二

こうなったら、直接会社まで行ってやる！

「木村電器」の電話番号と住所が載っている電話帳のページを破り取ると、鈴木は憤然と立ち上がって縁側を出た。

と、鈴木の目の前に一台のワゴン車が停まった。車のサイドには、『確かな技術と新たな発想　木村電器』と大きなロゴがある。

「あ！　あいつら……」

五分後。鈴木は縁側に座ったまま、憮然とした顔で小林と太田と長井に背中を向けていた。三人は事情を話しながら、合い間に何度となく「すみません」と言い、話の最後にまた深々と謝った。

「本当にすみませんでした！」

鈴木は黙っていた。

いくら謝ったって許せるものではない。コイツらの保身のために、自分はカモとして利用されたのだ。どうせ年寄りだ、ボケているから使える、とでも思ったのだろう。そんな小細工にまんまとだまされて、主役になったつもりで浮かれていた自分が、なんとも情けない。はらわたが煮えくり返るほどの怒りで、やつらに言ってやる言葉など一つとして浮かばなかった。

鈴木の沈黙が長すぎたのか、小林と名乗ったチビが〝思わず〟という感じで話しかけてきた。

「あの……非常に言いにくいことなんですけど……」

鈴木は小林を見た。若造は一度目をそらしてから、怯えた顔で鈴木を見返す。

「……また中に入ってもらえないでしょうか？」

耳を疑った。

「なんだって!?」

思えば、初めて連中に発する返事だった。

「おまえら、何を言っているんだ！」

「あっ。いや、ええと……あの、とりあえず、少しのあいだでいいんで……」

長井というノッポが早口に自分たちの都合をつけ加えた。

「そのあいだにロボットをなんとかしますから」

知ったことではない。なぜ俺がまだつきあわされなきゃならないのか。

「そんなもの、自分らで入ればいいだろ！」

「入れるものなら入ってますよ！」

デブの太田が自分の腹をパチンとはたいた。太すぎて入れない、ということか。太田は続けて小林と長井の頭の上に手をかざした。小林は小さすぎ、長井は高すぎる。見れば分かるでしょ？　ね？　しかたないでしょ？　とでも言いたげに太田が照れ笑いを浮かべてみせた。それがよけいに鈴木をムカムカさせた。小林が懇願する。

「あのロボットをやれる人は鈴木さんしかいないんですよ。鈴木さんが必要なんです」

「……冗談じゃない！　こんなもの詐欺《さぎ》じゃないか！」

鈴木は新聞を縁側に叩きつけた。ノッポが細かい指摘をする。

「いや……誰にも損をさせてないし、誰も傷つけてませんから、詐欺っていうのとは違うと思いますけど……」

なんでか三人とも必死だった。

「そうですよ。それどころか、世の中に、こう……夢を与えてます！」

小林が苦しまぎれに、見え透いたおためごかしを言った。

「何が夢だ！　こっちは知らないあいだにインチキの片棒かつがされて、迷惑してんだ！」

鈴木の舌鋒《ぜっぽう》が鋭さを増すのを見て、ずっと我慢していたらしいデブが爆発した。

「……あのですね、本当なら一回で済むはずだったんですよ？　出演料だって……」

出演料もちゃんと支払っているし、何も損はないはずだ、とでも言いたいのか。小林があわてて止めようとした。

「あの……ちょっと……！」

仲間の制止に構わず、太田はまくしたててきた。

「それをさ、爺さんが余計なことするからこんなことになっちゃったんでしょ!?」

これには鈴木の薄い頭も怒髪天を突いた。

「よーし分かった。みんなに言ってやるよ。そこらじゅうに言いふらしてやる！」

「あんたみたいなクソジジイの言うことなんか、誰が信じるか！」

太田がだめ押しの罵詈雑言《ばりぞうごん》を吐いた。もう我慢ならない。鈴木の怒りは頂点に達し、立ち上がると新聞で三人の頭を力いっぱいひっぱたいた。

「とっとと帰れ!!　馬鹿者っ！」

交渉は決裂し、木村電器の三人は庭から追い出された。

シーン9　エンジニア、覚悟する

一

はやる気持ちを抑えてコミュニティーセンターに駆けこんだが、いつもの集会室には誰もいなかった。こんなときに限って、あのヒマ人たちはどこに行ったんだ!?　鈴木は、朝のテレビの話題を独占したニュー潮風のニュースが嘘っぱちだといち早く知らせたくて、新聞を握りしめたまま館内を走り回った。

どこからかヒーリングミュージックが聞こえてくる。音のする部屋へ向かうと、週に一度やってくる女の保健師の指導で、老婆たちが健康体操をしていた。

「おおい！　ちょっと聞いてくれよ。これ！　このロボット！」

鈴木はズカズカと保健師の前に立ちふさがって、新聞を広げた。保健師が困った顔でほほえむ。

「今、健康体操やってるから、あとでいい？」

鈴木はお構いなしに割りこんだ。

「それどころじゃないんだよ。ニュースに出てたロボット、知ってるだろ？　俺なんだよ」

婆さんたちが体操をやめてムッとした顔をした。なんだよ。ビッグニュースなのに。

保健師は婆さんに愛想笑いを浮かべると、また鈴木にほほえんでみせた。

「えっ？　ああ、そうね」

その職業的な反応がじれったい。

「そうねじゃないよ！　俺だよ、俺が入ってるの！」

つい声が大きくなった。老婆たちがあぜんとする。保健師は急いで言った。

「皆さん、ちょっと待っててくださいね」

保健師は鈴木の腕をつかむと廊下に出た。部屋から老婆たちが顔を覗かせて、ことのなりゆきをうかがっている。

「あの……鈴木さん？　住所と電話番号、言える？」

「えっ？　なんで」

「今日は何月何日？」

「えーと……。……！」

鈴木は、自分がボケを疑われていることに気付いてカッとした。

「もういいっ！」

保健師の腕を振り払って走った。

女じゃだめだ。こういう話は男でないと。鈴木は老人たちを探して走った。囲碁・将棋コーナーに来てみると、老人たちがいた気配はあるものの、姿が見えない。なんでいないんだよ！　歯ぎしりする。ふと話し声が遠くから聞こえ、その方向に走った。

給湯室のあたりに人の気配がしたので行ってみると、知った顔の老人たちが先刻の体操ババアたちとお茶を飲んでいる。

「いやでも、まさかあの鈴木さんがねえ」

「保健師さんに、腕なんかつかまれちゃってさ……」

「じわじわきてたのよぉ……、自分じゃ分からないもの」

自分のことを話している。鈴木を認知症だと疑っていることは明白だった。

連中にこれ以上ロボットの話をしてもむだだ。鈴木はあきらめて、そっと裏口から出ていった。

二

木村電器のワゴン車は先ほどから、街を見下ろせる高台の駐車スペースに停まっていた。冬場のタイヤチェーンを巻く作業用に設けられた場所だが、下りの急カーブの先端にあるため、今までに何度も車が落っこちている。『転落事故多し！』の立て看板に偽りなしの崖《がけ》っぷちだ。

まさに、僕たちも崖っぷちだよ……。

小林、太田、長井は互いに一言もしゃべることなく、車内は殺伐《さつばつ》とした雰囲気に包まれていた。

後部座席を見ると、ニュー潮風がガラクタのように座っている。小林は自分を呪《のろ》った。はじめから「ロボットなんてできません」と断るべきだったんだ。いや、それ以前に木村電器に就職なんてしたのが間違いだったんだ。いや、そもそもあの大学受験のときの失敗が……いくら後悔してもきりがないほど、次から次へと後悔が湧《わ》く。

太田は完全に思考を停止させた様子で、ベンチシートの破れめからスポンジをほじくり出す作業に没頭している。

長井は崖の突端から見える街を、涙を浮かべて眺めていた、と思うと、突然奇声をあげてワゴン車をバックさせた。

ギュルギュルギュルギュルルルーッ！

タイヤが音を立ててきしんだ。駐車スペースの端ギリギリまでさがったところで、急ブレーキがかかる。太田がようやく言葉を発した。

「なんだよおいっ！」

長井は呼びかけにも答えず、前方を見詰めたまま涙を流している。まさか！　小林は太田と目を見交わした。

「ちょっと待ってくださいよ！」

小林がそう叫びかけたとたん、こんどは崖に向かって急発進。

小林と太田は必死に長井を止めようとしたが、負のアドレナリンか潜在能力なのか、長井がハンドルを握る力にまるで太刀《たち》打《う》ちできない。崖の突端はもう目の前だ。小林も、もう観念した。

そうだ、このまま転落事故ということで、ロボットもろともすべてゴミくずになってしまえばいいんだ。爺さん一人のたわごと以外、証拠はすべてこの世から消えてしまうんだ……。

三

小林弘樹が見る景色は、スーパースローになった。隣で叫ぶ太田の鼻の穴から、とてつもなく長い鼻毛が出て風にそよいでいる。長井の涙の一粒一粒が玉になって飛んでゆく。そうか、もう死ぬんだな。ということは、人生を走馬灯のように振り返るってやつも見れるのかな……。

「そもそも走馬灯ってどんなもんなんだ……？」

高校生の小林が、赤信号で立ち止まっていた。今日は第一志望の大学の受験日で、周りにも受験生がたくさんいる。もう、目の前が大学だ。

みんなライバルなんだな、緊張してるのか顔色の悪いやつもいる。できれば試験の最中にトイレにでも行ってくれれば、ライバルが一人減ることになるのに……自分が受かりたい一心で、そんなみみっちいことも本気で考えた。

父親からは自動車整備工場を継げとずっと言われてきたが、自分には夢がある。未来の乗り物を作りたいんだ。化石燃料に頼るだけじゃなく、電子部品の組み合わせで動力を確保できるような、〝何か〟を作りたいんだ。そのためには理工学部で専門的な勉強が必要だ。

その日は朝から雲行きが怪しかった。母親が傘を持っていけと言ったが、荷物になるからと断った。それでも折り畳み傘をむりやり鞄に詰めこまれた。玄関を出たとき、やっぱり鞄が重いので、門柱の上に折り畳み傘を置いてきてしまった。

あれを見たら母親が悲しい顔をするだろうな。雨も降りそうだし、やっぱり持ってくればよかった。すると、急に不安になった。傘を鞄から出したときに受験票を見た記憶がない。

あれ？　もしかして、机の上に置いてきちゃったんじゃないだろうな。鞄のあちこちを探すが、やはりない。制服のポケットをあちこちまさぐると、胸ポケットの中に手応えがあった。取り出すと、それは正真正銘、今日受験する大学の受験票だった。

「あった……！」

ホッとすると、信号が青になった。その瞬間、強風にあおられて手元から受験票が飛ばされた。

「あっ！」

追いかけようとしたが受験票は車道を滑ってゆき、アスファルトの上に着地した。そこへ右翼の街宣車が走ってきて停まった。受験票が半分だけタイヤに踏まれている。そんなバカな！　近付こうとすると、恐い人たちの演説が始まってしまった。気がつくと周りから受験生の姿はなくなっている。腕時計を見て焦った。ああっ、試験開始まで時間がない。そこへポツポツと雨が降り始めた。よし、右翼さんも演説おしまい。さっさと帰ってくれ。そう願ったが、恐い人たちのテンションはエスカレートした。次第に豪雨になり、受験票がとろけて流れるのが見えた……。

四

長井信也の脳内にも過去の記憶がよみがえっていた。

長井が美容室に行ったときのこと。女性美容師が持ってきたヘアカタログを見て、美男子のページを長井は指し示す。

「こんな感じで」

「分かりました」

女性美容師はそう言ってうなずき、道具を用意し始めた。昨夜はネットオークションで白熱しすぎちゃったな。あのF型の野球盤、なんとか落としたけど三万八千円は張りすぎたかな。あれ？　そもそも野球ってそんなに好きだったっけ……。などと考えているうちにウトウトし始めた。

別の客が入ってきたらしい。眠りに落ちる寸前、扉の隙間から吹きこむ風を頰に感じた……。

ふと目を覚ますと、鏡の中にまるで似合っていないパンチパーマの男がいた。えっ？　嘘でしょ!?　なんでこんな頭なの!?　問いただそうとあの女性美容師を目で探すと、別のおばさんの毛染めを担当している。だって芸能人のあいつに似た髪型にしてって僕、と、膝《ひざ》に置いたヘアカタログに目を落とす。いつのまにページがめくれたのか、パンチパーマの特集ページが開いている。そっくり。あわてる様子を目にとめたのか、長井のところに来たのは、店主らしきパンチパーマのゴリラ顔だった。

「いかがでしょう」

「はあ、これで……」

悲しい思い出だ。

五

高校三年生のとき、学年でも美人と噂《うわさ》の井沢恵美《いざわえみ》と同じクラスになれたことが人生の絶頂だった、と、疾走《しっそう》するワゴン車の中で太田浩二は回想していた。

恵美は吹奏楽部で活躍する姿が素敵だったが、女子ばかりの吹奏楽部に入る気など起きなかった。放課後の掃除の時間、恵美がクラスメイトたちとゴミを運ぶ姿を校舎の窓から見て、太田は今がチャンスだと爪先立ちで走った。そして、誰もいない教室の恵美の机からユーフォニウムのマウスピースを盗んだ。

別の日には上履きを盗み、また別の日に自転車のサドルを盗む。

その「恵美三点セット」が太田の宝物だった。今もアパートの押し入れに大事にしまってある。

ん？　待てよ……このままワゴン車が崖から落っこちて……。

自分の葬式が済んだあと、高校の同級生が太田の部屋に集まって『高校の思い出』と書いてあるダンボール箱を開けるかもしれない。中に入っているのは恵美のマウスピースと上履きと自転車のサドル。まずい。それは絶対にマズいぞ！

六

ウウ～ウウ～ウウ～～。

ワゴン車が、今まさに崖からダイブしようとしたそのとき、どこからかサイレンが聞こえてきた。

見ると、道路の向こうから白バイ警官が赤色灯を回しながら走ってくる。長井は条件反射的にブレーキを踏んだ。ギリギリの距離を残してなんとかワゴン車が停まる。

白バイ警官はバイクを停めてこちらへやってきた。運転席のガラスをノックされて、長井がウィンドーを開けた。中年の警官が中を覗きこむ。

「ちょっとちょっと。今、けっこうスピード出してたよね。あなたたち、こんなところで何してんの？」

「あ、いえ……」

「免許証見せて」

「あ、はい……」

長井が免許証をわたすと、警官は三人の顔をチラチラと見た。

「なんか見たことあるなあ……」

つぶやくと警官は無遠慮にワゴン車のボディを眺めた。『木村電器』のロゴに気付いたらしい。

「木村電器……ああっ。ロボットの！　ねえ！」

と警官は突然、ミーハー心丸出しの笑顔になった。このまま警察署に連れていかれたらどうしよう……そんな最悪の事態を想像していたので、正直、小林はホッとした。太田が無理して笑顔を作る。

「あ、はあ、どうも……」

「こんなところで、何やってんですか？」

「はいっ？　あっ、ええとぉ……道に迷っちゃいまして」

苦しまぎれの嘘をつく。

「あれ？　あそっか、今日、駅前でイベントありますよね。あー、そしたら私、先導してあげますからついてきてください」

白バイ警官はまぶしいほど嬉しげにうけおった。

「あ、いや、もう大丈夫ですんで……」

太田が丁重に断っても、警官は取りあわない。

「いいから。ねっ！」

こんどは運転席に向かってうなずいてみせる。気の小さい長井に断れるはずもなく、小さな声で返事をした。

「えっ!?　あ、はあ……」

「よしっ、行きましょう」

白バイが意気揚々と発進した。長井は、なすすべもないといった様子でワゴン車のエンジンをかけた。

七

鈴木は肩を落として商店街をふらついていた。もう、すっかりあきらめていた。自分こそがあのロボットなんだ、と言って回ったところで、ボケてると思われるのがオチだった。

ふと酒屋の自動販売機が目にとまった。持っていたニュー潮風の新聞を脇《わき》のくずカゴに捨て、自販機に硬貨を投入し、カップ酒のボタンを押す。ゴトゴトと音がして、透明な液体の入ったガラス瓶が転がり出た。それを手に取り、キャップに人さし指をかけ……そこで躊躇した。ロボット役に決まってからしばらく酒はやめていた。また、あのだらしない暮らしに戻るのか……。

「あっ！　ニュー潮風だ！」

突然近くで子どもらの声がして、鈴木は一瞬、身構えた。声のしたほうを見ると、電器店の店頭にあるテレビでロボット博のニュースをやっていた。ニュー潮風が映っている。

少年たちはテレビを見て騒いでいた。

「やっぱカッコいいよな～、なんかヒーローっぽくない？　あんなことできるロボット、他に見たことないもん」

嬉しいこと言ってくれるじゃないか。でもな、あの中には、本当はこの爺さんが入ってるんだぞ。隣で鈴木はそう言ってやりたかった。と、少年らのところへ、もう一人別の子どもが駆け寄ってきた。

「おまえらカメラ持ってる？　駅前にロボット来てるんだって！」

「うそっ！」

少年たちは電器店の前から、はじけるように走り出した。

そういえば、あのバカどもが言ってたっけ。三時から駅前でニュー潮風が出演しなければならない、とかなんとか。しかし、俺は断ったんだから、そんなこと実現するはずはない。いや、もしかして、やつらは別の人材を見付けたのか？　鈴木は少年たちが走っていった方向へ歩き出した。

特に急いでるわけじゃない。あれだ、ついでだ。ついで。心の中で誰にともなく言い訳しながら、鈴木の足取りはいつしか早くなっていた。

「こぉりゃあ……」

　駅前の広場にはもう大勢のギャラリーが詰めかけていた。どこから聞きつけて、これだけの人が集まるのだろう？　ギャラリーの前には簡単なステージが設けられていて、横断幕に『祝！　木村電器　新聞・テレビでおなじみ、世界に誇るロボット　ニュー潮風がやってくる！』と派手な文字が躍っていた。

　鈴木が着いたときには三時を十分ほど回っていたが、ステージに人けはない。中央に「現在ロボット調整中。しばらくお待ちください」と書いた札が立っている。そっと舞台裏の見える位置に回ると、恰幅《かっぷく》のいい中年男が木村電器の制服を着た男たちをどなり散らしていた。

「おい、まだ連絡つかないのか？　あいつらロボットと一緒にどこ行っちまったんだ!?もう時間だぞ！」

「はあ……、先に出ます、ってずいぶん早くに出掛けたんですけど……」

　待ちくたびれたギャラリーが騒ぎ始めた。

「せーの、潮ちゃ～ん！」

「まだなの？」

「いつ始まるんだよ～！」

　ざまあみろという気分だった。ほら見ろ、やっぱりロボットが動くわけはないんだ。本人がここにいるんだからな。

ステージに、先ほどどなっていた男が登場した。あいつが木村電器の社長らしい。社長はせかせかと中央のマイクを握った。

「……えー、もう少々お待ちください。なにせできたてホヤホヤのロボットなもので、いろいろご機嫌などありましてね。では、それまでわが社の歴史を紹介します。えー、木村電器が誕生しましたのは……」

ギャラリーはすぐ察したようだ。ロボットが動かないから、時間稼ぎのスピーチを聞かされているのだ、と。不満げなざわめきが起きる。

「なんか今日はダメみたいだな」

「もういいや、帰ろうぜ」

「どうせ、たいしたロボットじゃないんだろ」

何人かの客が痺れを切らせて帰り始めた。

「……なんだよ……」

なんで俺が居心地の悪い思いをしなきゃならんのだ。鈴木はとまどいながらも、これ以上そこにいられなくなって、駅前広場に背を向けた。

鈴木が駅前の大通りから二辻《ふたつじ》ほど離れた通りを横切ろうとしたとき、目の前を白バイが通った。それをやりすごして横断歩道を渡ると、どこからか強烈な視線を感じた。

見ると、あの木村電器のワゴン車が横断歩道を前にして停まっていた。フロントガラス越しに、あの三人がこちらを見て涙ぐんでいる。

小林とかいうのが言ってたっけ。

「あのロボットをやれる人は鈴木さんしかいないんですよ。鈴木さんが必要なんです」

保身に必死になっているやつの口から出たのだとしても、それまで言われたこともない言葉だ。

分かったよ。やりゃあいいんだろ。

鈴木は黙ってワゴン車に乗りこんだ。


「皆さん、お待たせしました！」

ギャラリーの喜びようはすさまじかった。待ちぼうけを食らって飢餓状態になっていたところへ、待ちに待ったニュー潮風の乗ったワゴン車が到着したのである。車は人垣を分けてゆっくりステージ前へと進んだ。狂喜乱舞、まるで大スター並みに黄色い声援が飛んだ。

車がステージ前に到着すると、鈴木と三人はうしろ扉を開けて降り立った。木村社長が感激して三人に抱きつくのを横目に、ニュー潮風はステージへ上がった。

陽光を浴びて輝くロボットの勇姿に、ギャラリーがどよめく。それぞれ携帯電話やデジカメをかかげ、ロボットの写真を撮った。たくさんのフラッシュがニュー潮風を包囲する。

マスクの中で鈴木は笑みを浮かべた。

シーン10　女の子、恋をする

一

佐々木葉子の所属する「ロボット研究会」でも、ニュー潮風は熱い注目を集めていた。というのも、葉子が強引に部員全員を巻きこんでいたからなのだが。

ケーブルテレビでもらったビデオテープを、部室のモニターで繰り返し再生しては、通りかかった男子部員に見せびらかす。そうやって撒き餌《まえ》を放っては、「なになに？」とひっかかってきた連中を釣りあげる。そして聞かれてもいないのに、どれだけニュー潮風がすごいのかを葉子は懇切丁寧に何度となく解説した。もちろん、ロボ研の部員ともなればいち早くテレビやネットの情報でニュー潮風に興味を持ってはいたが、直接手を触れた葉子から話を聞くと説得力が違った。

「やっぱいいわあ……ニュー潮風……むふふ」

葉子が本日十数回目のニュー潮風映像を流していると、ロボット研究会仲間では貴重な女子、朋美《ともみ》が葉子の肩を揺すった。

「あのさあ、もういいかげん、そのビデオ止めようよ……」

朋美は心底困惑しているようだった。

「あんた、もういっそのことロボットと結婚すれば？」

「うん、そうする。彼となら絶対に一生うまくやっていける気がするんだあ……」

素直に答えたつもりだったが、朋美にはギョッとされてしまった。なんとかしてよ、という顔で朋美は周りの男どもを見回したが、葉子に突っ込みを入れる部員はいなかった。

「そう言われてみれば、今まで見たことない動きだねえ」

「なんか妙な味わいがあるかも」

「関節があんなに柔らかく動くもんなんだ……。まるで人間の動きに見えてきた」

そうでしょうそうでしょう。葉子は男子たちの賞賛にいちいちうなずいた。朋美が横で小さく、

「……ちっ。ロボット馬鹿ばっか……」

とつぶやくのが聞こえたが、まったく気にならない。

ビデオの最後はカメラが倒れてニュー潮風の頭にゴツンと当たり、三秒後くらいに映像は突然終わる。葉子はすかさず、その場にいる誰かをつかまえて「じゃ、も一回見

る？」と聞いた。これを今日何度繰り返したか、葉子にも分からない。

ドアが開いて、うんざりした様子だった朋美がいきなり背筋を伸ばした。

「自分が助けてもらったからって、仮想恋愛してるだけなんじゃないの？」

葉子の天敵、清水雅広《しみずまさひろ》だ。失敬な発言に、葉子はキッと鋭い視線を返した。

「あのねえっ！　ニュー潮風のこと、知りもしないで適当なこと言わないでくれる？」

「!?　葉子ぉ！」

朋美があわてて割って入った。彼女は常々、清水について〝ロボ研唯一のイケメン〟だの〝清水君がいなけりゃロボ研なんてゴミ溜《た》めと一緒〟だのと口走っている。ふん、こんな嫌味な男のどこがいいの？　葉子は清水の、この知ったふうな言いぐさがいちいち気に入らなかった。ムッとした葉子に清水はニヤリと笑って持論を展開した。

「……まあ確かに、危険予測から行動に移す演算《えんざん》処理のスピードはすごいと思うよ。でもさ、それ、二足歩行でやる意味ある？」

「車輪のロボットは階段のぼったりしゃがんだりできないでしょ」

「あなたそれよく言うけどさ、そこまで求める必要あんのかな。もしもあんなのがつまずいて倒れた場合、近くにいる人は絶対ケガするって」

「だったら二足歩行は全部ダメってこと？」

「そんなのは漫画とかアニメに任せとけばいいんだよ」

「むぐっ……！」

葉子はとっさに言葉が返せなかった。

事実、ロボットが二足歩行をしなければならない理由はない。より安全、確実を目指すのであれば四足でも六足でもいいはずだ。しかし、それではまるで〝ペット〟か〝虫〟みたいだ。できればちゃんと愛情を注ぐことができる対象になってほしい。だから人間に近いフォルムが望ましい。と胸を張って言いたいところだが、本気で気味悪がられそうでずっと隠している。朋美がとりなすように二人に声をかけた。

「あー……そういえば、昨日、駅前にニュー潮風が来たんだって。知ってる？」

「うそっ!?」

葉子は驚いて朋美のほうを向いた。

「ホームページにアップされてたよ」

「もうそんなのあるの!?」

急いでモニターの隣にあるパソコンを操作する。と、木村電器のホームページが開いた。

二

「これだけは守っていただきたいんです！」

木村電器の会議室では、ロボット開発部の今後の活動についてミーティングが行われていた。社長をはじめ重役たちを目の前にして、小林、太田、長井の三人は緊張していた。長井が、三人で考えた項目を『ニュー潮風の今後の活動について』という、もっともらしいタイトルでホワイトボードに書き連ねた。

『イベント、取材先にはロボット開発部だけで対応』
『ロボットの半径一メートル以内には人を近付かせない』
『ロボット工学などの専門的なイベントには出演しない』
『ロボットの操作、運搬、メンテナンスなどはロボット開発部のみで行う』
『ロボット開発部に入室する場合は事前に連絡する』

などなど。一つひとつがニュー潮風が偽物だとバレないための重要なルールだった。一つ守られなければ、それだけ自分たちの身が危なくなる。小林は一項目ずつ解説した。

「人数が多いと移動が大変なので、私たちだけで行きます。それと……直接触れると故障の原因になりますので、それも厳禁。あと、研究者などが集まる専門的なイベントには参加できません」

「えっ？　そういうのこそ行っておいたほうがいいんじゃないかな。ウチの技術力をアピールするチャンスじゃない」

おっと、やっぱりきたな。ここは必ず突っ込まれると思っていたので、昨夜からシミュレーションし、どんな質問がきても対応できる練習をしてあった。

「いえ！　技術が盗まれるとまずいので、ロボット工学のたぐいは一切お断りしてます」

きっぱりとした口調で小林が言うと、社長と重役たちが渋い表情で顔を見合わせた。これも予想の範囲内。そこで打ち合わせどおり、太田が椅子から立ち上がった。

「皆さん、本当に分かってますか！　生き馬の目を抜くロボット業界で、どれだけ開発競争が熾烈《しれつ》か。私たちがやってるのは、そういう仕事なんですよ！　ロボットというものはですねえ……」

太田の熱弁がオーバーアクションすぎて、小林はヒヤヒヤした。彼は調子に乗ると、言わなくてもいいことまでしゃべり出す悪い癖がある。

「分かった分かった」

社長が止めてくれたおかげで、太田の暴走は食い止められた。小林がホッとしたところへ長井が耳打ちした。

「お金お金」

あっ、そうだった……。

「えー、それと予算のことなんですが、もう少し追加をいただけないでしょうか？」

「どうして」

社長が素早く聞き返した。どうしてか？　それには口が裂けても言えない理由があった。太田がすかさず練習した台詞を返した。

「ロボットも機械ですから、あちこち出掛けるとなると、実演販売と同じでメンテナンスが大変なんです」

三

「ん……、なんだこりゃ。ん？　んん？」

鈴木の手はさっきから湿布がうまく広げられずに開いたり閉じたりを繰り返し、三人はそれがじれったくてたまらなかった。老人の手に湿布が絡みついてどうにもならなくなっているのを見て、ついに太田が耐えられなくなり、奪ってピシャリと貼りつけた。

「痛《い》てえな！」

鈴木が悲鳴をあげた。

開発部三人はこれから始まる巡業のスケジュールを伝えに、鈴木家にやってきていた。

鈴木が腰をさすりながら言う。

「あれだ。約束どおり、泊まりのときはいちばんいいホテルにしてくれよ。マッサージつきな。朝メシは和食。温泉なんかあると、なおいいな」

太田が思わずという感じで舌打ちをした。小林はちらっと鈴木を見たが、気付いた様子はない。あの日以来、まるで立場が入れ替わってしまった。ただでさえ予算が少ないのに、こんなやつのために、いったいどれだけ金がかかることやら。

「おい、返事はどうした」

「あ、はい……今予算を申請してます」

しぶしぶ答える。長井がノートパソコンを開けてホームページ内のスケジュールを見せた。テレビ番組、こども博覧会、各地のロボット展などなど目白押しだ。

「あの……かなり忙しくなりますけど、だめな日とかありますか？」

「隠居した年寄りにそんなもんあるか！」

長井は目に見えてしゅんとした。優しく質問したのに、悪態で返された。

「けっこうあちこちに行くんだな……ん？　ここも行くの？」

鈴木がスケジュールのある部分に目をとめ、小林に尋ねた。

「はい、なんですか？」

「あ、いや……。ここは蟹《かに》がうまい」

シーン11　老人、うまくやる

一

巡業のスタートはワイドショーへの出演だった。

小林が先頭に立ち、ニュー潮風のすぐうしろを太田がはさむ形でテレビ局の廊下を歩く。

「近付かないでください、近付かないでください！」

小林と太田は細心の注意を払ってロボットの誘導をした。人に近付きすぎると、ささいなことでも真相がバレる可能性があるからだ。テレビ局のスタッフたちは道を空け、ニュー潮風がざわめきのなかを通る。最後に、ノートパソコンにコマンドを打ちこむそぶりで長井がついてきた。

ニュー潮風こと鈴木老人の足取りは軽い。鈴木の命令で視界をさえぎるレンズが改良され、周囲がよく見えるようになったからだ。

〝なんだよ。やりゃあできるじゃないか〟

と言わんばかりに、ニュー潮風は小林に手でOKサインを出した。

また余計なことをして！

小林は焦って、その手をグイッとさげた。

収録のあるスタジオにはエレベーターで行かなければならなかった。

ニュー潮風と木村電器の三人だけで移動するという段取りのはずなのに、なぜかエレベーターの中はスタッフでぎゅう詰めだった。話が違うじゃないか！　と思っても、ときすでに遅し。当然、人々の視線は異質な金属人形に集まった。

「プウ～っ！」

異様な音を放って、ニュー潮風の中で鈴木が放屁《ほうひ》した。音と臭いにスタッフたちは身を硬くし、「誰だよおい！」なオーラをにじませた。このままではニュー潮風が疑われかねない。小林は太田と長井と互いに目を合わせた。先輩、出番ですよ。いやだよおまえが買って出ろよ。誰が自己犠牲を払うのか押しつけあったあげく、負けたのは最も気の弱い長井だった。

「……すみません……」

無実の罪をかぶった長井が小声で詫《わ》びた。

「わあ……」

移動中に気まずい思いをしたぶん、スタジオは明るくきらびやかだった。さすが夢を作る工場だ、と三人が感心していると、到着早々にたいした説明もなくアシスタントディレクターから立ち位置を指示され、あっという間に出番になった。

「今日は巷《ちまた》で話題のすごいロボット、ニュー潮風君がスタジオに来てくれています！」

女性キャスターがニュー潮風と木村電器の三人へ向かって、できあいの笑顔で歩いてくる。それにつれて数台のテレビカメラがいっせいにこちらを向いた。小林たちはどういう顔をしていいやら分からず、とりあえずカメラ目線でニヤニヤした。

その隙にニュー潮風はスタスタと勝手に歩いていき、突然キャスターを抱擁《ほうよう》した。

あのエロジジイ、勝手なアドリブしやがって！

太田が歯ぎしりするのが聞こえた。するとニュー潮風、こんどはキャスターの手を取って適当なダンスを踊り始める。これにはキャスターもとまどって困ったような笑い声を漏らした。

「アハハハ……えー、このように、ダンスがとってもお上手なロボットなんですが、聞いたところ洗濯も得意ということなんです」

スタジオの一角にリビングルームを模したセットが組んであり、木村電器製の洗濯機「潮風」が置いてある。今朝、洗濯機担当の社員たち総出で、大あわてで搬入したものだった。「どうせなら、うちの新製品と絡めて何かやればいいんじゃないか？」という、いつもの社長の思いつきで急遽、決まったことだった。そう指示されて「無理です」とは誰も言えなかったのだ。

ニュー潮風が洗濯物を「潮風」の中に放りこむ、という簡単な動作なので、大きな問題は起きないはずだ。みずからに言い聞かせる小林の耳に、信じられないコメントが飛びこんできた。

「えー、このニュー潮風君、洗濯物が汚れているかどうか瞬時に見分けることができる、と、伺ってますが……」

キャスターがそんなことを言った。

えっ？　聞いてない！　太田を見るとこれもキツネにつままれたような顔をしている。長井を見ると、心苦しそうな顔で小林を見返し、「だって、鈴木さんが……」と、鈴木老人の根回しであることを小声で認めた。

ニュー潮風は、リビングルームに落ちている衣服の臭いをかいでは、洗うものとそうでないものを判別し始めた。

「あー、臭いで分かるんですねえ。それはきれい、そっちは汚いと……」

これにはスタジオじゅうが大爆笑になった。臭いと判別された洗濯物をどんどん洗濯機に放りこんでゆくニュー潮風。そのとき、陰に身をひそめていたアシスタントディレクターがキャスターに何か合図を送った。キャスターはうなずいて、軽やかな忍び足でダンボール箱が積み上げてある一角へと移動する。

「それだけじゃないんです。このロボットは、人の危険を察知して……あっ！」

叫ぶが早いか、ダンボール箱がキャスターの上に倒れた。洗濯物の選別に気を取られていたニュー潮風は気付くのが遅れて、まったく間に合わず棒立ちになった。

「えー……このように、間に合わない場合もね、たまにはありますよ……」

またしてもスタジオは大爆笑。小林たちにはしかし、ニュー潮風ががっくりと落ちこんでいるのが分かった。

二

「え？　あ、ありがとう。いいの？　もらっても？」

収録が終わってテレビ局から出てくると、ロボットチームを目当てに集まった若者たちが夕暮れの駐車場で待ち構えていた。手に手にプレゼントやファンレターを持っていて、三人の両手はあっと言う間にいっぱいになった。

「お疲れさまでした！」

「今の収録見てました」

「ニュー潮風、最高です！」

まるでアイドルのような扱いだ。三人はニュー潮風をさっさと車に押しこみ、ニヤケた顔でファンの人たちに手を振った。

小林が扉を閉めようとしたそのとき、女の子が強引に割りこんできてニュー潮風をガン見した。

「あの……ニュー潮風、ほんっとにすごいです！　これどうぞ！」

と花束を差し出した。なんだ……中学生……いや、高校生か？　見覚えがあるようなないような。小林は内心で首をひねった。突然やってきたかわいらしくもずうずうしい女の子を、太田もじろじろと舐《な》めるように見た。

「ニュー潮風を研究テーマにしてもいいですか？」

女の子は思い詰めたような口調で言う。

「研究テーマって……自由研究？　いいよいいよ。好きにしな」

太田が軽薄に答える。もう……スケベなんだから。

「ありがとうございます！　タダ働きでもいいんで、もしよかったら手伝わせてください」

女の子はぐいぐいと太田に近付き、ワゴン車に乗らんばかりの勢いになった。

「えっ……？」

太田がエロ心をくすぐられて一瞬とまどった。バカ！　小林がすかさず断る。

「あ、いや。今は僕らで充分ですんで」

急いで扉を閉じると、長井に合図してワゴン車を発進させた。

「ちょっとかわいい娘《こ》だったな、おい！」

車が走り出すとすぐに、太田は彼女がわたした花束に添えられていた手紙を広げ、匂いをかいだ。

「佐々木、葉子ちゃん、と」

太田は差出人の名前を声に出すと、いそいそと手紙の中身を読みあげた。葉子の評価が暴落するまで、何秒もかからなかった。

「えー……ニュー潮風、本当に本当に大好きです。できれば結婚したいくらいです……な、なんだこりゃ!?」

太田は気持ち悪そうに封筒から何か取り出した。小林が覗きこむと、カラーマーカーでハートや縁取りが施してあるニュー潮風のブロマイドがたくさんあった。

「うわっ！　変態だ、変態！」

「どうしたんですか？」

長井が運転席から尋ねると、太田は写真を放って下品に笑った。

「ほら、これ見ろよ」

「ああ、さっきの……見覚えあると思ったら、ロボット博で鈴木さんが助けた娘《こ》ですよ」

「えっ。おまえ、よく覚えてるなあ。どうりで……ニュー潮風を見る目がイッちゃってたもんな」

ああそうか、どこかで見たと思ったら。太田と長井が菓子の話題に花を咲かせているうしろで、小林はニュー潮風の外装パーツを取り外す作業をしていた。鈴木に言っておくべきことは山ほどあったが、注意深くていねいに話そうと小林は努めた。

「あの……鈴木さん。さっきの収録ね、勝手にああいうことやらないでほしいんですけど……」

「なにが」

「ダンスとか洗濯物とか……もともとニュー潮風にはそんな機能ありませんし。あんなに人とくっついて、バレたらどうすんですか」

「そんなこと言える立場か？　誰のおかげで、今こうしていられると思ってんだ」

「でもですね……」

「大丈夫大丈夫、バレやしないよ」

「いや、でも」

「バレないようにやるから」

「できればですね」

「うるせえ！　いつ客の前でバラしてやったっていいんだぞ！」

ついに鈴木がブチ切れた。太田と長井が驚いたようにうしろを振り返る。

「もういい。俺は降りる！　車停めろ。停めろって言ってんだっ！」

鈴木の猛烈な剣幕に、小林は顔色を変えた。

三

「早くしろよ、何やってんだ！」

人けのない公園脇にワゴン車を停めると、車の扉が開いてニュー潮風が車から飛び出した。が、鈴木は降りたその場所でモジモジと地団駄を踏むように体を動かしている。

小林は急いで続くと、電動ドライバーを握って潮風の足元に身をかがめた。

「今、ぜんぶ外しますから」

足のパーツを外そうとすると、鈴木がそれを制した。

「そんなのいいんだよ！　ここだけでいいから、股《また》のところだけ！　こういう大事なところは開けられるようにしとけよ！」

と、股の部分を強調した。小林と太田が電動ドライバーで股のパーツを一つ外すと、鈴木は公衆便所へ向かって脱兎《だつと》のごとく走り出した。

「あんなに機敏に動けるもんなんだ……」

長井が感心したようにつぶやいた。小林はただただ脱力していた。

「まったくよう！　小便なら小便って、素直に言えってえの！」

その夜。太田がホテルの一室で吠《ほ》えた。三人同室である。いや正しくは、小林のシングルの部屋に宿泊費を浮かすため太田と長井がこっそり忍びこんでいた。この即席部署には、ほとんど経費が出ないのだ。

やっと倉庫でのどん底生活にサヨナラ、ぜいたくなホテル暮らしができるのかと思っていたら、まったくのぬか喜び。以前より苦しさは増した。食事はカップ麺やおにぎり。それらをむさぼりながら、三人は部屋にロボット外装と工具とスクラップを持ちこみ、鈴木から指示された改造を行っていた。今夜はこの狭い部屋で徹夜だ。

「まったく……目玉の改良してやっただけでもありがたく思えってんだ」

太田が眼鏡を曇らせながらダンボール箱のスクラップを物色し、部品を外して集めている。小林は股間部分の開閉装置をなんとか完成させた。長井がマスクを自分で外せるように大幅な手直しをしているのを見て、太田が驚いた。

「おいっ、顔もかよ!?」

「いや、あの……。ぜんぶ自分で脱げれるようにしとけって」

「なんでっ？」

小林が説明した。

「もし海なんかに落っこちたときに溺《おぼ》れたくないってさ」

「あのクソジジイ！　落っことしてやろうか！」

太田が力をこめてスクラップから部品を引き抜くと、コイン状の部品が取れて転がり、部屋の入口の金属扉にくっついた。

「しまった！」

扉に貼りついた磁石を、長井がしげしげと眺めた。

「あー……それってネオジム磁石ですよね。そんなの集めてどうするんです？」

「ん？　別にっ……」

扉に向かって這《は》いつくばりながら、太田は答えをぼやかした。

磁石はガッチリと扉に密着している。

それも当然で、ネオジム磁石は永久磁石のなかで最も強力な磁力をもつといわれているものだ。レアメタルのネオジム、そして鉄、ホウ素を主な成分とし、エアコンや洗濯機、携帯電話などにも使われている。

太田がペンチを使って扉から剥がそうとするが、磁石はびくともしない。作戦を変更し、扉の端まで移動させてから接触面を減らし、剥がすことにした。扉を開き、体を廊下側に出して両足で扉をはさむ。次にペンチで磁石をはさむ。ゆっくりと磁石をスライドさせると、やっと剝がれた！　と同時に太田は手を扉にしたたかぶつけた。

「あー痛てえっ！　クソっ！」

そのとき太田の横を、ワゴンを押したホテルマンが通りかかるのが見えた。廊下をはさんで向かいの部屋の前で止まり、扉をノックする。

「ルームサービスです」

「はい、開いてますよ～」

中から、しわがれた鈴木の声が聞こえた。

「なにっ!?」

驚いて見ている太田のうしろに、小林と長井も合流した。

ホテルマンが扉を開けると、部屋の中からリラックスムード満点のオペラが流れてきた。鈴木はぜいたくにもベッドの上でマッサージを受けている。ホテルマンによってセッティングされる豪勢な食事が三人からも見えた。

「………」

三人がうなだれて部屋に戻ると、太田は歯を食いしばってつぶやいた。

「早く本物のロボットを仕上げないと……あのジジイに好き放題やられてたら、こっちの身がもたないぞ……！」

シーン12　ロボット、巡業する

一

ワゴン車の運転席と助手席の間には補助席のスペースがあるが、普通は使わない。三人座るには窮屈だからだ。しかし木村電器のワゴンの前方座席には、長井、太田、小林の三人が横並びに座っていた。当然、ギュウ詰めだ。どうしてそんなことになっているのかというと、鈴木が後部座席を一人で占領し、ゴロ寝しているからである。

「…………」

最も狭い補助席で、小林は黙然《もくねん》と時が過ぎるのを待った。もうすぐだ。もうすぐみんなこのロボットに飽きる。ぎっしり詰まったスケジュールを知っているだけに、その日がいつ来るのかは分からなかったが、とにかく今は会社の期待に応えてニュー潮風と〝営業〟して回るしかないんだ。

「ふあぁ～あ……」

うしろで鈴木老人が退屈そうに大あくびし、おならを一発かました。

ブオーーウゥッ！

「………」

いちいち怒ると疲れるし、腹が減るのでみんな黙っていた。やがてその臭いが車内に充満すると、太田が黙ったまま窓を開け放った。

すると、外から軽い排気音が聞こえてきた。

音の方向を見ると、原付バイクにまたがった佐々木葉子が三人に手を振って追い越していった。

なぜこんなところにいる？　あ、そうか。

すぐに察しがついた。木村電器のホームページには、ニュー潮風のスケジュールがこと細かく掲載されている。きっとそれを見て会場に先回りするつもりなのだろう。ロボットの追っかけとは、本当に変わった女の子だ。

二

ある日。小林はニュー潮風のかたわらで一点を凝視していた。

半導体やセンサなどの電子部品を製造している村田製作所というメーカーが、自社の宣伝のために作った「ムラタセイサク君」というロボットがある。ニュー潮風製作を命じられたとき、小林もその有名なロボットのことを調べて少しは知っていた。

　身長は五〇センチほどだが、自社のジャイロセンサを組み入れることによって、みずからバランスを取って自転車に乗り、走行することができるのだ。ここで使われているジャイロセンサの技術が、デジタルカメラの手ぶれ防止やテレビゲームのコントローラーなどに応用されている。見えない技術を、ロボットを通して見える形にしている。ロボットの広告効果を最もうまく実践できた例だろう。小林は心中ひそかに「ムラタセイサク君」を、本来のニュー潮風が目指すべき理想型としてとらえていた。

「親子で楽しむ　ロボット展」というイベントにニュー潮風の出演が決まったときは、タイトルからして子ども相手のかわいらしい催しかと油断していた。が、当日になってあの「ムラタセイサク君」も参加すると分かって驚いた。まさか憧《あこが》れの先輩と競演できるとは。

　目の前で上手に自転車に乗る「ムラタセイサク君」を見ながら、小林は感慨にふけっていた。

「おい、あれ見ろよ」

「なに〜、やだ〜」

　気がつくとギャラリーが別のほうを見てざわめいている。小林はその方角に首を伸ばして愕然《がくぜん》とした。なんと「ムラタセイサク君」の横をニュー潮風が、自転車に乗って対抗心むき出しで追い越していったのだ。

ええっ!? いったいあの自転車はどこから手に入れたの!?

「やっぱりすごいぞお。ニュー潮風!」

うろたえる小林たちを尻目に、追っかけで参加している葉子が興奮して写真を撮りまくる。

勝ち誇ったように、「セイサク君」の周りをニュー潮風がグルグル回る。と、繊細にバランスを保っていた「セイサク君」が、その振動でバタッと倒れた。

「やめてくれよ、もぉ!」

小林だけじゃなく、太田と長井も頭を抱えた。自転車に乗れるロボットなんて、村田製作所だけの最先端技術なんだから! 鈴木はなんの気なしにやってるかもしれないが、その行為がどれだけ三人を苦しめることになるのか。まだまだ続く〝営業ジャーニー〟を考えると、小林は先が恐ろしくなった。

三

またある日。一行が訪れたのは自動車の組み立て工場だった。

現在、日本の自動車工場では多くのロボットが働いている。といっても人型の二足歩行ロボットではなく、アームロボットと呼ばれる固定式の産業用ロボットだ。コンクリートの床にガッチリとビス留めされているので、重いものを持ち上げることもでき、アーム一本に関節の数が六～七軸あり、ほぼどんな動きでもできる自由度をもっている。例えば車の窓からアームを突っ込んで天井を塗装することだって可能だ。日本では自動車だけでなく、さまざまな製品の製造過程でこうしたアームロボットが活躍している。

工場内には見学コースが設けられていて、ニュー潮風と木村電器の三人は、取材陣や見学者とともにアームロボットの働く姿を見学していた。オートメーションで目の前を車が流れていき、一台につき四機のアームロボットがあちこちから伸びて溶接《ようせつ》をした。

見学コースの案内係が、腰につけたメガホンでアナウンスする。

「この工場内には、こうしたロボットが約千四百機働いています。一年で四十一万台、一日だと約千七百台の車を、文句も言わず作り続けています。けなげですよね……」

そのとき、見学者の列のなかにいた葉子があたりを見回した。

「あれっ!?　ニュー潮風は？」

そういえば見あたらない。まずい。産業用ロボットの機能美に見とれているあいだに、どこかへ姿を消してしまっていた。

「あっ！」

向こうに探しにいった太田が声をあげた。見ると、ニュー潮風は立ち入り禁止区域に入りこんでいた。案内係の言った「けなげな働きぶり」を激励するつもりか、よちよちと近付いていくと、猛獣と戯《たわむ》れるエコロジストのようにアームロボットを愛《いと》しそうに撫で回した。

「ああっ！」

その瞬間、アームの先の溶接トーチがニュー潮風のボディに反応し、火花をあげた。みるみるアームロボットが動き出し、ニュー潮風をいいように振り回した。

大急ぎで工場の主電源を切ってもらい、ようやくニュー潮風をアームロボットから助ける。と、ニュー潮風はよろよろとベンチに座りこんで、しばらくのあいだ立てずにいた。

四

またまた別の日。病室で働くために作られたロボットを小林たちは見学していた。介護支援ロボットの「リーバ」だ。寝たきりの老人や体を自由に動かせない患者などの介護をサポートする目的で開発され、実際に人を抱きかかえて移動することができる。病院内

そんな医療現場を、ニュー潮風とエンジニアたちが見学するイベントだった。病院内に一般の見学者やマスコミも入っての、オープンな催しだ。

またもや葉子も来ていて、なにやらそわそわしている。「リーバ」とニュー潮風のツーショットをカメラに収めたいらしい。

オペレーターに付き添われて「リーバ」が登場すると、拍手と温かな笑い声が沸き起こった。なぜなら、「リーバ」の顔はぬいぐるみのクマに似ていて、達磨《だるま》のようなずんぐりむっくりのボディに長い両手が生えている、ユーモア満点のフォルムだったからだ。ロボットと聞いて誰もが思い浮かべる、硬くて冷たいイメージとはかけ離れている。

リーバが高強度樹脂の骨格と発泡ウレタンでできた腕で、女性患者を〝お姫様だっこ〟すると、

「抱キ上ゲマシタ」

とみずから発話して車輪が回転、ニュー潮風のほうを向いた。かつてSFの世界で絵空事として描かれてきたロボットによる介護が、現実になろうとしている。小林はそのことに感動した。

「それじゃニュー潮風君、横に並んで」

記者たちからそうリクエストされてニュー潮風が横に立つと、「リーバ」のセンサが反応し、

「ドウデス、スゴイデショ」

と言った。周りにいた入院患者たちが拍手し、取材カメラが写真を撮った。

まずい！　小林は反射的に思った。鈴木は絶対、自分より目立つ「リーバ」に嫉妬してる。

話をそらそうと、小林が「リーバ」のエンジニアに質問する。

「『リーバ』という名前はどんな意味が……」

「ロボット・フォー・インタラクティブ・ボディ・アシスタンスの頭文字でＲＩＢＡです」

「はあ〜、ロボット・フォー……」

と突然、ニュー潮風が「リーバ」の手から女性患者を奪い取ろうとした。

「えっ!? あの……すみません!」

いきなりのロボットの反乱に、女性患者が悲鳴をあげた。三人があわてて止めようとする。制止を振りきりニュー潮風は患者を抱きかかえたが……持ち上げる途中でギクっと不自然な形で固まり、あえなく崩れて腰を押さえたまま床に倒れた。

その瞬間、マスコミと一般客のフラッシュがいっせいに瞬く。

その日の帰り、小林たちはまた大汗をかくはめになった。

周りに田畑しかないような郊外の一本道で、木村電器のワゴンがエンストしたのだ。長井が運転席でキーを回し、小林と太田がうしろから押すが、なかなかエンジンがかからない。

すると、腰が痛いと言って寝ていた鈴木がムクッと起き上がった。

「俺がエンジンかけてやる」

「えっ？　鈴木さん、免許持ってたんですか？」

小林が意外に思って聞いた。

「聞かれなかったから言わなかっただけだ。おい、おまえもうしろで押せ」

そう言うと長井を運転席から追い出し、三人をワゴンの尻に向かわせて自分はハンドルを握った。

「いいか？　せーの！」

かけ声に合わせて三人が車を押した。なかなか前に進まない。

「おかしいなあ、そんなに重いはずないのに……」

小林がつぶやく。すると、突然車が前に進んだ。

「悪い悪い。サイドブレーキかけたまんまだった」

「おいおい、本当に大丈夫か!?」

太田が汗をぬぐいながら文句を垂れると、鈴木から叱咤《しった》の声が飛んできた。

「コラ、もっとちゃんと押せよ！」

三人が懸命にワゴンを押すと、徐々にタイヤが回った。ブルルルン。やっとエンジンがかかり、車が動き出す。三人があわてて乗りこもうとしたが、車はどんどん先へ行ってしまう。

「鈴木さん！　もうちょっとゆっくり走ってくださいよ！」

小林が叫ぶと、運転席から鈴木が振り返った。

「若者ども！　いいから走れ！　ははは」

笑いながら、ワゴンはどんどん先へ走ってゆく。置いていかれてはたまらない。三人はいつまでも追いかけた。鈴木はいつまでも笑っていた。

シーン13　老人、約束する

一

理科離れが進む子どもたちに科学を楽しんでもらおうという地域イベント「こども博」の出演を終え、木村電器の三人と鈴木は、次の目的地へ向けて移動中だった。

そろそろ昼である。

毎度の食事も小林たちの悩みのタネの一つだ。ロボット開発部の経済状況はかなり逼《ひっ》迫《ぱく》しており、小林としてはたらふく食べても一人六、七百円くらいに抑えられる牛丼屋とかラーメンチェーンとかにしてもらいたかった。が、立場的に鈴木の選んだ店に入らざるをえない。

「おっ、そこなんかいいんじゃないか？」

という鈴木のリクエストで、木村電器のワゴン車が和食レストランの駐車場に入った。

また高そうな店を選んだか……。

鈴木はどこで食べるにもいちばん高い料理から注文するし、食べきれないほどのサイドメニューをテーブルに並べる。四人の目の前でウェイトレスが、端末を片手に確認をした。

「ご注文確認させていただきます。そちらのお客さまが鰻御膳セットの特上と、食後に彩りクリームあんみつ、リッチテイストコーヒーですね？」

これが鈴木の注文。いつもよりは少なめで、小林はほっとした。

「えー……こちら三名様はミニうどんの単品でよろしかったですか？」

「はい……」

長井が小さな声で答えると、ウェイトレスは心なしか軽蔑《けいべつ》の色さえ浮かべて、メニューを畳んでさっさとひっこんだ。誰が決めたわけでもないが、三人はメニューのなかでいちばん安いものを頼むようになっていた。鈴木への牽制《けんせい》も兼ねていたが、相手にまるで通じていないのが腹立たしい。

「便所」

鈴木が立ち上がって席を外すと、三人とも脱力と空腹のため息をついた。

二

鈴木はトイレではなく、入口脇の公衆電話に向かった。最近は携帯電話が普及したせいで、街の中でさえ公衆電話を見付けるのにひと苦労だ。この店を選んだのも、本当は電話をかけたかったからだった。

数回のコールで、電話口に娘の春江が出た。

『もしもし、斉藤ですけど』

「おお、俺だよ」

『あ。お父さん……なに？　珍しい』

「子どもたちいるか？」

『ううん。美帆は部活で、義之は友達のとこ遊びにいってる』

「なんだそうか……チッ」

鈴木は唇を嚙《か》んだ。孫たちの狂喜乱舞する声が聞きたかったのに。

「いやな、あれだ。……最近有名なロボットがいるだろ。ニューなんとかって……」

『ニュー潮風？』

「そうそう。それそれ。子どもたちはどうだ？　知ってるのか？」

『うん、好きだよ二人とも』

それを聞いて鈴木はニンマリした。

「おーっ、そうか。あのなあ、そのニュー潮風な、こんどの日曜、おまえんとこの近くのデパートあるだろ。そこにイベントで行くんだよ。それでな、俺知り合いだからよ、会わせてやるよ」

『えっ？　本当!?　それすごい！　行く行く！　その日は塾もないから』

「じゃあイベントのあと、一緒に写真撮ってもらえるように言っといてやるから」

『でも本当なの～？　冗談じゃなくて？』

「え？　大丈夫だよ、本当に知り合いなんだからよ」

『じゃあさ、サインとかもらえるかな』

「サインくらい簡単だよ。じゃあ三時に食堂横の通路な。あそこだ、前に蟹食ったところだよ。そこの通路にいればロボットが行くから。じゃあな」

そう約束して電話を切った。よーし、これで孫たちも俺のことを見直すだろう。あのスーパースターのロボットと、自分とこの祖父さんが友達なんだからな。

鈴木は足取りも軽く、鰻御膳が待つ席へと戻っていった。

三

トイレからなぜか嬉しそうな顔で戻ってきた鈴木は、テーブルに着こうとして足を止め、隣の席を見た。小林もつられて目をやると、楽しげな家族連れがいる。

「さっきのロボット、すごかったね。あんなの初めて見た！」

「格好よかったぁ～！」

小学生くらいであろうか、兄弟が興奮して父母としゃべっている。それぞれの手に「こども博」のパンフレットがあるのに気付いた。表紙ではニュー潮風がポーズを取っている。鈴木はニヤリと笑ったかと思うと、嬉しそうに家族に話しかけた。

「あのね、この人たち誰か分かる？」

と小林たちを指さした。突然見知らぬ老人に話しかけられて、家族がたじろぐ。それは木村電器の面々も同じだ。

ジジイめ、こんどは何をしてくれるんだ？

太田もあからさまに迷惑そうな顔をしている。小林が息を詰めて見ていると、目の前のしょぼくれた三人の大人がさっきまでロボットを操縦していた「格好いい」パイロットであると気付き、家族連れの顔がパッと輝いた。

「あっ！　さっきのロボットの！」

「すごい！」

兄弟がヒーローを見るような憧れのまなざしになった。そんな目で見られるのは初めてだ。小林たちは照れくさい思いで「どーも」と会釈《えしゃく》した。

「あの……サインいただいてもいいですか？」

兄弟の父親がパンフレットとペンを差し出す。

「いいですよ」

太田が聞いたこともない渋い声で応じる。なんだ、僕たちを紹介してくれるなんて鈴木さんもいいところあるじゃないか、そう小林が思った矢先。

「じゃあボウズ、爺ちゃんのこと、分かるか？」

鈴木が切り出した。もちろん一家に分かるはずはない。

「ええと……？」

まさか……。イヤな予感がした。

「本当はねぇ、あのロボットの中には爺ちゃんが入ってるんだよ」

ななななな、何を言い出すんだ!? 長井は飲みかけの水を噴き出し、太田はほおばっていたうどんを鼻から出し、小林は心臓が十秒ほど止まった。家族はポカンとしている。

「鈴木さん！」

小林があわてて鈴木を席に引き戻すと、老人はいたずらに成功した子どものような顔で笑った。

「ハハハハ！ 冗談だよ、ばーか」

「このクソジジイ！」

太田がたまりかねたように鈴木をひっつかむとその服をめくり、大きな音をたてて腰をピシャッ！ とひっぱたいた。

四

「ひゃっ！　なにすんだ!?」

驚いて鈴木が腰に手を当てると、何かが貼りつけられている。それをひっぺがすと、一枚のガムテープだった。粘着面には黒ずんだコイン状の金属が四つ並んでいる。はっきり言って、汚い。

「なんだこりゃっ!?」

腹立ちまぎれにテーブルに放ると、黒い金属同士は生き物のように勝手にくっついてガムテープと一緒に丸まった。小林がそれを見て、得心したように言った。

「あぁ……それネオジム磁石っていって、とんでもなく強力なんですよ」

磁石？　なんだそりゃ。俺はメモを貼る伝言板か。

「なんで剝がしちゃうんだよ。爺さん、腰痛持ちなんでしょっ？」

太田がぶつぶつ言いながら太った身をかがめた。丸まったガムテープから磁石を取り出そうと四苦八苦している。鈴木は太田の気遣いが意外だった。この連中には、自分は絶対に嫌われているだろうと思っていたからだ。

いくら「腰が痛い」と言っても、娘たちも老人仲間もたいして心配もしやしなかった。それがどうだ、こいつらはあれだけ面倒をかけられても年寄りの腰の心配をしている。

冴《さ》えないやつらだが、悪い人間ではない。どちらかというと人がよすぎてこんな目にあってるんじゃないか……。

「…………」

三人が気味悪がっているのにも気付かず、鈴木はあらためて若造たちの顔を見回していた。

シーン14　ロボット、脱走する

一

　バッチーン！

「なんだよ痛《い》てえな！　もっと下だよ！」

　太田が慣れた手つきで鈴木の腰に磁石を貼った。家電のスクラップからちょこちょこネオジム磁石を集めていたのはこれだったんだ。小林は少し太田を見直していた。

「なんで俺なんだよ！」

と悪態をつきつつも、小林や長井のおぼつかない手つきを見ていられないのか、結局自分で手を出してしまう。

　あっちのイベント会場でピシャ。

　こっちの催事場でピシャ。

　貼るたびにコツをつかんで、最近では一発でキメている。はじめこそ「もっと上」

っていた。

「もっと右だよ」と文句ばかり言っていた鈴木も、今では静かに腰を差し出すほどにな

「済んだぞ爺さん。さあ出番だ！」

その日はデパート屋上での握手&写真撮影会だった。整理券を持った親子が列になって並び、ステージ中央のニュー潮風と握手したところを、それぞれの親がデジタルカメラや携帯電話で写真に収める。小林たちは舞台袖に立ち、ときどき自分たちにも向けられるカメラに向かって笑顔で手を振った。

「まだ全然、列が途切れないですね」

長井が心配げに言って最後尾を目で探したが、行列はえんえんととぐろを巻いて、最後尾がどこにあるのか判然としない。これは主催者の読みが甘く、予定していた数の三倍の親子が集まってしまったためだ。「すみませんねえ」と口先で言いながら、デパートの担当者はほくほく顔をしていた。

「ガキども、チャッチャと終わらせろってんだ。これどう見ても聞いてた時間には終わらないぞ」

太田はブツブツつぶやいた。言葉とは裏腹に、笑みがにじんでいる。

だが小林にはニュー潮風の様子が気になっていた。子どもたちの扱いがいつにも増してぞんざいで、早く次に代われといわんばかりなのだ。なんだろう、またトイレかな

……。声をかけてみようかと近付きかけたところで、ニュー潮風は時計塔を見上げたかと思うと雷に撃たれたように動きを止めた。時計は三時を十五分ほど回っている。

「鈴木さ……」

近付く前にニュー潮風は突然、子どもたちを振りほどき、ステージを下りてエレベーターホールの方向に走り出した。

「えーっ!?　まだ握手してないよー!」

「なんで帰っちゃうの～?」

嵐のようなブーイングが起こる。司会者があわてて閉会の言葉を発した。

「あれっ!?　え、ええと……!?　あ、ありがとうございました!　ニュー潮風君でした～!」

「ジジイ、また勝手に……!」

太田が叫ぶ。木村電器の三人は泡を食ってニュー潮風を追いかけた。

こんなことは初めてだ。小林は鈴木の身勝手さに、さすがに我慢ならなかった。これが終わったらミーティングをしないといけない。立場上、鈴木さんにいいようにことを進められてきたが、ここらで釘を刺しておかないと、この先、絶対マズいことになる。

そんなことを考えながら懸命にニュー潮風を追ったが、ステージ周辺には子どもたちが殺到していて思うように前に進めない。ロボットの背中がどんどん遠ざかってゆく。

二

その頃、斉藤春江は娘の美帆、息子の義之を連れて父と約束した場所にいた。

鈴木が言っていた「前に蟹を食った」レストランは一ヶ所しかない。デパートは東館と西館に分かれていて、西館の六階にレストラン街がある。その脇、東館との渡り通路が待ち合わせ場所のはずなのに、三時を過ぎてもロボットも、父もやってくる気配はなかった。やきもきして鈴木の家に電話をかけたが、連絡がつかない。カメラの準備をしていた義之が痺れを切らせた。

「お祖父ちゃん、本当にここで待ってればロボット来るって言ったの?」

「うん……。もうちょっとだから、ね?」

春江が腕時計を見ると、サイン色紙をうちわ代わりにしていた美帆がいまいましげに地面を蹴飛ばした。

「あーあ、またやられたよ。信用して損した!」

「そんなこと言わないの!」

春江は二人をなだめたが、本心ではもうロボットは現れないと思っていた。

お父さんの言うことをあまり真剣に受け取っちゃいけないってこと、私がいちばん分かっていたはずなのに。子どもたちにも「話半分だからね」と言っておけば、こんなにガッカリさせずに済んだんだ。そうよね。ものすごい人気のロボットが、お父さんの口ききで、わざわざ私たちのために来てくれるなんておかしいもの。

小さなため息をつくと、春江はあきらめた。

「じゃあ行こ……なにアレ!?」

子どもたちと帰ろうとしたそのとき、目の前を奇妙な服装の集団が通りかかった。安手の生地を貼り合わせて作ったような衣装に派手なカツラ、ハリボテの小道具。まるでアニメから抜け出してきたような姿をしている若者たちだ。

「ねえ、更衣室ってどこだったっけ?」

「なんでこんな簡単なところで迷ってんの?」

「とりあえず一回地上に戻ろうよ」

「あたしトイレ行きたいんだけど〜」

コミュニケーションがまるで成立してないことになど構わず、集団は通り過ぎていった。

「何あれっ!?」

春江が目を丸くして、すっとんきょうな声をあげると、美帆が即答した。

「知らないの?　コスプレじゃん」

「コスプレ?」

中学二年。流行は知っていても口のきき方は知らない娘は面倒くさそうに黙りこんでしまった。

どこかから音楽が聞こえてきた。地上かららしい。渡り通路の窓から下を覗きこむと、中庭でさっき通っていったようなヘンテコファッションの若者たちが芋を洗うように集まっている。あちこちに『コスプレ　フェスティバル』と印刷されたポスターがかかげられていた。オリジナルがアニメなのか漫画なのか、まったく春江には分からない世界が広がっていた。

三

鈴木が走ってステージの裏手から屋内に入ると、すぐそこは催事場の広場だった。日常の景色に突然乱入してきたロボットに、行きかかっていた買い物客の誰もが驚いて立ち止まる。しかし、ロボットの中の鈴木はそれどころではなかった。

ああ、早く行かなくちゃ……！　間に合わなかったら、また嘘つき呼ばわりされちまうぞ！

気ばかり焦って、あの蟹のうまいレストランが何階にあったのかなかなか思い出せない。

「あっ！　ニュー潮風！」

悪いことに小学生の一団がニュー潮風を見付けて大声をあげた。イベント会場に入りきれず、あきらめて帰ろうとしていたらしい。餌《えさ》に群がる鯉《こい》のように子どもが集まってきた。おっと！　こりゃまずい。鈴木が引き返そうとすると、反対側から木村電器の三人が迫ってくるのが見えた。はさみ撃ちにあい、鈴木は立ちつくした。

「あの……一緒に写真撮ってもらっていいですか？」

鈴木のパニックも露知らず、引率の女性教師が木村電器の三人に猫撫で声を出す。反射的に小林が営業スマイルを振りまいた。

「あ、はいどうぞぉ！」

何がはいどうぞだ。こっちの事情も考えろバカ者！

子どもたちの期待に満ちた顔を見て、しかたなく集合写真の中心に収まった。教師がカメラを構えて子どもたちの名前を呼びながら、フレームに配置する。

「あ、皆さんもどうぞ」

そうながされて小林、太田、長井も子どもたちのなかに混ざった。パシャ！　シャッターが切られると同時にさっさと立ち去ろうとしたが、ガキ、いや子どもたちからそれぞれの携帯やカメラが差し出された。

「先生～、これでも撮って！」

「私も！」

次から次へカメラが出てくるので、ニュー潮風はいつまでも動けなくなってしまった。

四

木村電器の連中が女性教師にデレデレしている隙を見て、鈴木はようやく撮影地獄から逃げ出した。やっと思い出せた六階の渡り通路にやってきたものの、春江と孫たちの姿はない。一人でやってきて走りながらあたりを見回すロボットの姿に、レストランの客たちが何事かと立ち止まっていた。

「はぁ、はぁ、はぁ……」

鈴木はマスクの中で息を切らせた。自分の吐き出した二酸化炭素が循環し、酸素が足りなくなっている。しかしこんなところでマスクを開けるわけにはいかない。

ふと騒がしい音楽が聞こえて、窓から下の中庭を覗いた。ニュー潮風の丸いレンズの向こうに、キテレツな格好をした集団のあいだを駆け抜けていく美帆と義之が見えた。

二人の行く先には春江の車が停まっている。

おおい！　祖父ちゃんはここだ！　ちゃんと約束を守ったぞ！

そう心の中で叫んだところで伝わるはずもなく、無情にも孫たちが乗りこんだ車は、そのまま走り去っていった。なんとかしてあの車に追いつきたかった。周りの目など気にしていられない。

鈴木は深呼吸してから走り出した。搬入用エレベーターに飛び乗り、一階で降りる。この会場に入るときに使ったのを覚えていたのだ。バックヤードを走り抜け、とにかく光の差すほうへと走った。

デパートの裏口を抜けると、ありがたいことにちょうどタクシー乗り場があった。そうだ、これだ。タクシーで追いかければいいじゃないか！　よろよろと乗り場に並ぶ。

それにしても息が苦しい。こんなマスクさえなければもっと走れるのに。ああ、苦しい。息ができない。

そっとあたりを見回す。人けはない。よし、今なら大丈夫だろう。そう思って、念のため人が通らなそうな方向に向き直り、三人に改造させたマスクの前面部分を開いた。パカッ、クリクリクリ。あごの部分から頭頂部までが上に開く。鈴木はロボットの中から汗だくの顔を覗かせた。

「ぷはあ、はあ、はあ、はぁぁ～……」

鈴木は、まるで素潜《すもぐ》りの世界大会にでも挑戦していたかのように深く酸素を吸った。

そこへ突然、

「ここからあとはワリカンだからね！　会費とは別！」

と叫ぶ声が聞こえた。

驚いてうっかり顔を出したまま振り返ると、キテレツな格好の連中が近付いてきた。先ほど上から見えたやつらだ。

鈴木はあわてて顔を見られないよう背中を向け、マスクを閉じた。つもりだったが、まるで閉まらない。どこかのビスがひっかかっているのか、押そうが引こうがビクともしない。集団もタクシーに乗るのか、鈴木のうしろにピタリと並んだ。

ああもうダメだ！　バレちまう！　観念した瞬間、連中の一人が鈴木に軽く頭をさげた。

「お待たせしました。打ち上げチームですよね？」

「えっ……？」

うろたえていると、別の男がまた親しげに話しかける。

「このロボット、なんていうんだっけ……ほら、最近流行《はや》りの……」

「ニュー潮風ですよ！」

うしろのほうから別の声がして全員が振り向くと、そこにはなんともう一人のニュー潮風が立っていた。

「………！」

これには鈴木も驚いた。しかしよく見ると、ほぼそっくりだが細部が違う。あちらのニュー潮風は自分より軟らかそうな質感だった。その偽ニュー潮風が、マジックテープをバリッと剝がしてマスクを取った。中から出てきたのは冴えない中年男の顔だ。

「あっ！　渡辺《わたなべ》さん。どこにいるのかと思ったら。いつから来てたんですか？」

「ずっといるよ。マスクつけてたから誰にも気付かれなかったけど」

話している様子から、偽ニュー潮風の渡辺という男は、やつらの仲間らしいと察した。どうやら鈴木もその仲間の一人と勘違いされているようだ。

そういうことなら、とりあえず調子を合わせておくか……。鈴木は少し安心して、渡辺をじっと見詰めた。それにしても、この衣装はよくできている。

「渡辺さん、ロボットアニメやめたんですか」

「やめたわけじゃないけど。今はやっぱりニュー潮風でしょ。子どもにもすごい人気なんだから」

「そうかもしれないけど、それなんか違う気がする。二次元のキャラを具現化してこそコスなんじゃない？」

「だってあれだよ。アメリカなんかじゃ、ハロウィンのときに映画のキャラだったりするんだよ？」

「そこですよ！　ハロウィンだとコスプレのまま街じゅう歩き回ってもいいのに、なーんでわれわれは会場の中だけしかダメなんすか！　差別ですよ！」

「だからこそコスプレを世の中に解放するためにですねえ、日夜こうして……」

渡辺が力み、妙な格好の連中は真剣にコスプレとやらの談議を始めた。

今のうちに逃げてしまおうか……と鈴木があとずさりを始めたとき、タクシーが数台到着した。

「おお、来た来た！」

「じゃ、二台で分乗してくから。駅前の『笑笑《わらわら》』ね！」

と皆が乗りこむ。渡辺に背を押されるような形になった鈴木はこうなったら乗るしかなく、連中に混じってタクシーに詰めこまれた。

五

陽が沈みかけ、街のあちこちにビルの長い影が落ち始めた頃。

デパートの中庭では、イベントの終了を拒むようにコスプレイヤーたちが騒いでいた。

小林は色とりどりの連中をかき分けかき分け、突然いなくなった鈴木を探してちょこまかと走り回っていた。まったくもう……、あ、いた！

「ちょっと鈴木さん！」

「えっ？」

相手が振り返ると、ダンボール製のロボットコスプレ男だった。

「なんですか？」

「あ。すみません……人違いでした。すみません」

そこへ、やってきた太田とばったりと顔を合わせた。太田は一人だ。

「太田さん、鈴木さんは？」

「えっ？　そっちが一緒かと思ってた……。長井かな」

見回すと、遠くに長井が見えた。ソフトクリームを食べながらコスプレを眺めている。

二人が駆け寄ると、長井は恥ずかしそうにソフトクリームをうしろ手に隠した。

「あ、ちょっとおいしそうだったから……」

「おまえ、なんで一人なんだよ？」

「えっ？」

え？　誰とも一緒じゃないの？　てことは……鈴木さん、どこ行っちゃったの!?

このとき、ようやく小林たちは事態の深刻さに気付いた。ニュー潮風が行方不明になってしまったのだ。

六

タクシーの後部座席にはアニメキャラをはさんで、ニュー潮風と偽ニュー潮風が座っていた。

鈴木はさっきから自分をジロジロと舐め回すように見詰める、渡辺の熱い視線を感じていた。それはそうだ。妙ちきりんな格好をした集団のなかに、自分のような年寄りがいるのは不自然きわまりない。もしかして……バレたのか……？　鈴木は心配になってきて、なるべく見られないように顔を窓の外へ向けていた。

「そちらさん、よくできてますねえ。手作りですか？」

渡辺がおもねるように話しかけてきた。マズい。適当にごまかさねば……。

「あ、いえいえ。知り合いにこういうの得意なのがいて」

「へー、そうなんですか。お上手ですよねぇ。まるで本物みたい……。あ、あの……ご挨拶が遅れました。私、こういう者です」

渡辺がアニメキャラ越しに名刺を差し出した。「コスチューム制作・ドリーム工房渡辺誠司《せいじ》」とある。コスチュームというのは、衣装のことか。浮わっついた趣味というだけではないんだな。鈴木は感心して名刺を眺めた。

「へえ～、それ専門のご職業で……」

「いえまあ、趣味半分、小遣い稼ぎ半分ってとこですか。あの、次のコスイベ（コスプレ・イベント）一緒にどうですか？　おたくとペアで出たら盛りあがると思うんですけど」

「はあはあ」

よく分からなかったが、とりあえず生返事を返した。

「あ、着いた着いた。ここだよ、『笑笑』」

居酒屋街のある大きな駅前ロータリーにタクシーが到着したときには、あたりはすっかり薄暗くなっていた。輝くネオンの光の中にコスプレイヤーたちが続々降り立つと、通行している人々は目を見張った。

最後に車内に残った鈴木は、こっそりと運転手に告げた。

「もう一ヶ所、行ってほしいところがあるんだけど……」

「あ、はい。お客さん一人で？」

「うん、この近く」

ドアが閉じてタクシーが発車する。鈴木が降りていないことにコスプレイヤーたちは一人として気付いていないようだ。そっと背後をうかがうと、連中は嬉々《きき》としてエレベーターに乗りこむところだった。

「着いたら車を停めて待っててくれないか。すぐ戻ってくるから」

運転手にそう言うと、鈴木は慎重にマスクを閉じた。運転手がバックミラー越しにいたずらっぽい笑顔を返してうなずいた。この爺さんはいい歳をしてコスプレしたついでに、誰かをいたずらで驚かそうとしている、そう理解した顔だ。鈴木もマスクの中でほくそ笑んだ。

七

小林たちは必死にニュー潮風を探していた。失踪《しっそう》現場であるデパートの脇にはけっこうな大きさの川が流れている。三人は捜索範囲を広げ、今やその川に沿って、老人がいないか四方に目を凝らしていた。

「鈴木さああん！」

叫べども、鈴木の姿はどこにもない。

「もしかして……本当にどこかに流されちゃってたりして」

小林は思わず不安を口に出してしまった。間髪《かんはつ》入れず太田が笑い飛ばす。

「ハハハ！　ハハ！……まさかぁ……」

それでも歳が歳だし、万が一ということもある。小林は突然、川底に沈んでいる鈴木の姿を想像して背筋がゾクッとした。

「警察に連絡したほうがいいですかねえ……？」

長井が真剣な顔をして言った。そんなことをして、もしも本当に鈴木があの格好のまま見付かったら、ニュー潮風に関するすべてが世間にバレてしまう。

「いや、それはマズい……けど……」

太田は口ごもった。ああ見えて、太田は鈴木のことを心配しているようだ。警察だって!?

「絶対ダメです！」

小林はきっぱりと言い返した。

「そんなことしたら、どうなるか分かるでしょ？」

あんなワガママな年寄りなんて、どうなろうが知ったこっちゃない。心配なのは僕ら三人の行く末だよ！　小林は怒っていた。

「……………」

太田も長井も、それ以上なにも言わなかった。

八

あれ。車が停まる音がした。亮一さんかな、でも今日は遅くなるって言ってたし。春江が鼻歌を唄《うた》いながら夕飯の支度をしていると、こんどは呼び鈴が鳴った。ピンポーン……。いったんコンロの火を止め、玄関へ向かう。塾のない日は美帆も義之もゲーム禁止、テレビ禁止の勉強タイム。来客のためにわざわざ二階から下りてくる子どもたちではない。

「はい。はい。はい。はい……ひゃっ！」

玄関を開けたとたん、春江はあまりの驚きに悲鳴をあげてしまった。目の前に無骨な白いロボットが立っていたのだ。

「まあ、びっくりした！　ちょっと二人とも！」

その声を聞いて、驚いた美帆と義之が何事かと二階から走ってきた。ニュー潮風を見て、二人とも目を輝かせるのが分かった。

「すげー！」

「なんでうちに来てんの？　お祖父ちゃんは？」

「えっ？……いないわねえ。どうやって来たのかしら？」

春江が玄関先に出てあたりをうかがったが、人の気配はない。

その隙にニュー潮風はズカズカと玄関を入り、下駄箱から雑巾を取り出した。そして床に雑巾をポトリと落とすと、両足の裏をていねいに拭いてから上がりこんだ。

「なんで知ってんの!?」

娘の美帆が雑巾を指さして叫んだ。しかし小学生の義之にとってそんなことはどうでもいいらしい。狂喜の表情を浮かべ、ニュー潮風の手を引いてリビングルームへと連れていく。

「ほらね、お祖父ちゃんの言ったとおりでしょ？」

娘の指摘にとりあわず、春江はいそいそとニュー潮風の後を追った。

九

リビングに続くと、弟の義之は昼間に放り投げたサイン色紙を探しているところだった。

「なにか一言書いて」

義之がニュー潮風の前に色紙を差し出した。三時に約束していたサインを、ロボットに直接ねだったのだ。それを見て美帆はあきれた。やっぱり子どもだな。ロボットは手ぶらでやってきてるんだから、無理に決まってる。

「あんた、紙だけわたしたって書けないでしょ」

弟の頭をこづいた。

「ああ、ペンねペン。ボールペンじゃダメよね」

さっきから落ち着きを失っている母が、キッチンに置いてあるボールペンのキャップを抜いた。するとニュー潮風がくるりと向きを変え、本棚にすたすたと歩み寄ると引き出しから筆ペンを取り出す。

「あっ、ほらまた！　なんかさっきからさぁ……」

美帆は声をあげたが、その先の言葉が続かない。

どういう仕組みか分からないけれど、なぜこの家の中のことに詳しいのか。カーナビや最新の携帯なんかについているGPSとか、そういうの?

ニュー潮風を疑うわけではなかったが、「なんかヘンだ」ということだけは分かった。

少女の勘、というやつだ。

ロボットは、二枚の色紙にさらさらりと達筆な文字を書いた。

『義之くんへ　たまねぎ残すな　ニュー潮風』

『美帆さんへ　携帯はまだ早い　ニュー潮風』

「…………」

ここまでくると、美帆は疑うのがバカらしくなった。きっと事前にお祖父ちゃんから情報をもらっていて、最新のテクノロジーで動いてるんだろう。

「ホラ、二人ではさんで。写真、写真」

母にせっつかれて、美帆は義之とニュー潮風をはさむようにして並んだ。弟がロボットの手を自分の肩に回したから、美帆もそれを真似てロボットと腕を組みポーズを取った。すると、義之が鼻をクンクンと鳴らした。

「なんか、お祖父ちゃんみたいな臭いがする」

あ、そうそう。私も今、それ思った!

「本当だ……」

気のせいか、ロボットが身じろいだ。すぐに体勢を立て直すと、こんどは美帆と弟の顔をじろじろと見た。意を決したように顔の横に手を上げる。

「なんか言いたいのかな……」

しかしニュー潮風は上げた手を下ろし、また二人に寄り添ってカメラに顔を向けた。

「はい、カマンベール！」

母親の陽気な合図で、カメラのシャッターが切れた。

写真を撮ってしまうと、ロボットはあわただしい感じで玄関に向かった。母が見送りながら「まあまあすみませんねえ」なんて、人間に言うような挨拶をしている。美帆は、脱兎のごとく外に出た弟についていった。

「本当、本当。だって写真撮ったもの。え？　今、タクシーで帰ってった！」

母がうしろで、携帯電話をかけていた。父に今の出来事を伝えようとしているみたいだけど、父は今一つ分かってないみたいだ。そりゃそうだ。ニュー潮風だもん。玄関前の道路からロボットを乗せたタクシーが走り去っていくのを、美帆は弟と並んでいつまでも見送っていた。

十

小林たちは全身びしょ濡《ぬ》れになって疲労困憊《ひろうこんぱい》していた。結局、鈴木老人を探して川の中にも入ったのだ。デパートはとっくに閉店し、駐車場にへたりこむ三人を照らすのは、わずかに残った外灯だけだった。

「………！」

まぶしいライトが三人を照らし出し、走ってきたタクシーがブレーキをかけた。ドアが開く前から、陽気な声が耳に届く。

「よーお、ほっほっほっ！」

三人が呆然《ぼうぜん》と立ちつくす前で、鈴木が上機嫌な顔でタクシーを降りてきた。あろうことかニュー潮風の外装をなかば外している。小林は、自分が見ているものが信じられなかった。そんな格好で、誰かに見られたらどうすんだ。というか、もうタクシーの運転手には、はっきりバレている。なんてことをしてくれてるんだよ！　血が逆流しそうになった。

「鈴木さん、その格好……！」

「大丈夫だって、なんか趣味の衣装だと思ってるから」

それって……コスプレのことか。あの連中に混じってたのかよ！　驚いたが、バレたわけではなさそうだと納得し、小林は少しホッとした。

「あそうだ。タクシー代、払っといて」

「えっ!?」

鈴木に突然そう命じられ、条件反射的に長井がタクシーに向かった。

「それより、面白いの見ちゃったよ。ニュー潮風と同じ格好のやつがいてね、ほらこれ」

嬉しそうに「ドリーム工房」の名刺を差し出した。鈴木にはまったく罪の意識などないようだ。小林はその名刺を受け取りはしたが、そんなことより、一言いっておかなければ気が済まない。

「あのですねえ！　どれだけ探したと思ってるんですか!?　川で溺れたりしてるんじゃないかとか……」

「ははは、おおげさだな」

小林があまりに真剣なのがおかしいのか、鈴木はそう言って茶化した。と、それまで黙っていた太田が突然、鈴木をどなりつけた。

「あんたっ！　二度とこんなことしないでくれ！」

「………」

小林が驚いて見ると、太田の目にはなんと涙が光っている。これにはさすがのワガママジジイも反省したらしい。鈴木はすぐにしゅんと目を伏せた。

シーン15　エンジニア、圧倒される

一

巡業旅行がいったん小休止に入り、三人が久しぶりに木村電器本社に戻ってきたのは、それから一週間後のことだった。とはいってもイベントが終了したわけではなく、宿泊の必要がない場所なので、余計な出費を抑えるために鈴木を家に帰すことにしたのだ。太田はこのチャンスに、経理部へと足を運んでいた。巡業のあいだに山ほど溜まった領収証をなんとかしないといけないからだ。

移動中の時間つぶしに、小林たちは太田の恋バナを聞かされていた。

経理担当の石川頼子《いしかわよりこ》と太田は同期入社で、しばらくつきあっていた時期がある、そうだ。社内お花見の二次会でのこと。偶然カラオケに同じ曲を入れていたせいで、デュエットすることになった。みんなから冗談半分に「つきあってんじゃないの?」などとはやしたてられ、帰る頃にはなんとなく互いにそんな気になってしまった。そんな小さなきっかけだったという。

「ま、最近は俺も忙しいからなかなか会えないけどな」

「へえ〜、太田さんに彼女、って意外ですね。最後にデートしたのいつですか？」

「一……二年前かな？」

　それはつきあってるとは言えないのでは、と喉まで出かかったが、口にしない程度の礼儀は小林もわきまえていた。

　ともかくも「俺は経理にけっこう融通《ゆうずう》がきく」と言い張るので、ここは太田の人脈を頼りに、経理とかけあってもらうことにした。だが……。

「……遅いですね」

「小林君、見に行ってくれる？」

　すぐ戻るから！　と豪語していた太田がなかなか戻ってこない。すでに吐き気に襲われている長井に頼まれて、小林は敷居の高い経理部を訪ねることになった。

　小さな会社の気楽さで、経理部のドアは開いている。

「すみませ……」

　小林は太田の姿を認め、腰高ロッカーの陰にそっと身をひそめた。

　太田と経理担当の頼子は経理部の隅でこそこそ話していた。頼子は眉間に皺《しわ》を寄せて領収証の束をめくっている。宿泊費やら食費やら、どれも万単位のはずだ。

「だーかーらー。やめてよっ！　こんなの私のところに持ってこないでくれる？」

「そこをさあ、なんとか頼むよ。同期のよしみでさあ〜」

太田がなれなれしく肩を揉んだ。

頼子は肩に食いこむ太田の手を、露骨にいやな顔をして払いのけた。恋愛経験の少ない小林にも、頼子が太田のことをもうなんとも思っていないことが分かった。はたから見ても分かるなんて、と、少し太田のことが気の毒になりかけたところで、頼子がふと心配そうな顔を太田に近付けるのが見えた。小林は二人の会話が聞こえるよう、ロッカーづたいに近付いた。

「……どこの大企業の重役様よ、この金額。あんた、そんな浪費家だったっけ？」

「ま、ま、いいじゃない」

「こんなにバカみたいに使って……あんたたち、ロボットと一緒に何やってるの？」

問い詰められているというのに、太田の口元はゆるんでいた。ちょっと優しい言葉をかけられて、「やっぱりコイツ、俺に惚れてる」とか思ってるのかもしれない。小林は焦った。違う！　太田さん、それ疑いの顔！　プロの顔だから!!　願いも空しく、太田はもったいぶって頼子に顔を近付けた。

「実はさ……」

僕が飛びこんでって止めるしかない！　と思ったところで、しかし太田はぐっと踏み

とどまってくれた。今や完全に怒り顔になった頼子をワナワナとにらみつけると、

「もういいよっ！」

と頼子を振り払い、領収証の束を奪い取って憤然と席を立った。

こんな悲しいシーンを「見てましたよアハハ」なんて言えない。

小林は太田より先回りしようと、本社の廊下を全速力で走った。

「ちくしょう、あの女！　昔、焼肉奢《おご》ってやったのによ！」

太田はロボット開発部に戻ってくるとそうわめき、領収証の束をデスクに投げつけた。

太田の目を見られない小林と違い、長井は期待に満ちたまなざしで太田を迎えただけに、ショックが大きかったらしい。ソファにくずおれて頭を抱えた。

「やっぱり……どうするんですか!?　予算の追加なんて言い出せる状況じゃないですよ……」

小林は、われ知らず骨格ロボットをいじりながら思った。このままじゃあ、まずいよな。

「なんか……事態がどんどん悪くなってる気がするんですけど。巡業に忙しくて、ロボット本体を直す暇なんてまるでないし、それどころか鈴木さんが勝手なことをするたびに、機能を追加しなくちゃいけなくなってるんですよ！……このやり方、根本的に考え直さないと……」

「そんなことよりまず金だよ！　明日からのガソリン代もヤバいんだぞ！」

イラついた太田がドン！　と机に足を乗せた。その衝撃で、机の上のダンボール箱が床に落ちる。箱からニュー潮風へのファンレターがバサバサと床に広がった。

ファンレターのなかに、見覚えのある封筒があった。ロボットオタクの少女、佐々木葉子からのだ。腹立ちをまぎらわすように太田はその文面に目をやり、やがて熟読し始めた。

「これだ！」

驚くほどの大声がロボット開発部に響きわたった。

二

「……とても好きなんです。好きで好きでたまらないんです。ニュー潮風のことが。それで、あつかましいとは思いつつも、お願いを聞いてほしくてペンを取った次第です……」

木村電器のワゴン車の中で、小林はファンレターを読んでいた。『緑山学園《みどりやまがくえん》　講演の依頼』という事務的なタイトルに続いて、どれだけニュー潮風のことが好きかが、言葉を尽くして語られていた。最後に「佐々木葉子♡」と署名がしてある。

「あのニュー潮風オタクの女の子ですか……」

原付バイクにまたがって、ニュー潮風の行くところをほとんど追いかけてくる葉子は、熱烈ファンというより立派なストーカーの印象だった。そんなのに接近していいものかどうか、小林は案じていた。

小林の心配をよそに、太田は同封されていたニュー潮風のブロマイドを取り出して、ケタケタと笑った。

「な？　悪くない話だろ。ロボットこみだと出演料が払えないんで、俺たちだけでいいっていうんだから。〝お暇なときでいいんで〟ってところがかわいいよな」

太田はあい変わらずのんきに構えている。もっと注意深く動いたほうがいいと思うんだけどなあ……。小林は遠回しに言った。

「でも、学生の有志が払うにはけっこうな額ですよ。本当に大丈夫かなあ……」

「学校行って、しゃべるだけでそれだけもらえるんならボロいじゃんか。会社には黙っときゃ分かんないって」

本当にそうだろうか？　そりゃあ、お金はほしいけどさ……。小林のモヤモヤは簡単には消えない。と、長井がボソッと言った。

「緑山学園、って……女子高かな？」

「えっ……？」

太田が小林と長井をこづいて、いやらしい笑い声をあげた。

「俺たちだって、たまには楽しい目にあわないとよ〜！　げへへへへ〜」

そっかあ、女子高かあ……！

長井の一言を境に、小林でさえ心配ごとよりも嬉しい妄想の比重が大きくなった。心なしかアクセルを踏む長井の足に力が入り、調子が悪いはずのワゴン車のエンジンも、機嫌のいい排気音をあげた。

「住所からすると、ここだけど……」

数分後に指定された場所へ着いてみると……そこはどうみても女子高ではなかった。高校にしては建物がでかい。そして、出入りしているのは男ばかりだ。間違えたのか？ワゴン車をUターンさせて引き返そうとしていると、木村電器のロゴに目をとめた若い男が近付いてきた。男は愛想よく、

「佐々木葉子は準備で手が離せないので自分が案内します」

と言って敷地内の駐車場へ誘導した。

どうやら、ここでいいらしいが……。この人は教員かな？　それにしてもずいぶん若い……などと思いながらも、三人は案内されるまま建物に入り、長い廊下を通って、ある部屋の前にたどりついた。

「それじゃ、もう学生は席に着いてるのでどうぞ中へ入ってください」

そう言って男が扉を開けた。三人は、そろりそろりと中に入っていった。ステージ袖

のビロードのカーテンから抜け出すと、突然ライトの前に飛び出す格好になった。まぶしくて周りがよく見えない。

おおおおおおーーーっ！

三人の登場と同時に、拍手や歓声が響きわたる。

なんだなんだ。どうなっているんだ？　三人の目がようやく慣れてくると、想像したのとはまるで違う光景が目の前に現れた。

三

そこは、恐ろしく広い大教室だった。すり鉢状の教室に、見たところ学生が五百人はいるだろうか。しかも男子がほとんどだ。三人が振り返ると、黒板にはこう書かれていた。

『緑山学園大学・理工学部特別講義　ニュー潮風はこうして作られた　ロボット研究会主催』

三人はあぜんとした。大学生!?　しかも理工学部！　ロボットを専門に勉強しているガリ勉どもじゃないか。そんな連中を相手に、ド素人の自分たちが何を語れるというのか。とんでもないことになった……。

小林はステージ上で立ちつくした。もちろん太田、長井も硬直している。ふと見ると、最前列の端のほうでニコニコしながらこっちに向かって手を振っている女がいる。佐々木葉子だ！　太田が舌打ちするのが聞こえた。

なんだよあの笑顔は。冗談じゃない。君のせいで！

小林はそんな怨念《おんねん》のこもった目でガンを飛ばしたが、葉子はどこ吹く風で屈託なく話しかけてきた。

「えーと、じゃあよろしくお願いします〜。なにかこう、進行の段取りとかありますう？　なければ質疑応答でいいですか？」

「えっ!?　ええとぉ……はい……」

小林はとっさにうなずいてしまった。とたんに教室じゅうの生徒が手を挙げる。しまった！　質疑応答……いったいどんなことになるのか想像もつかない。でもこのまま何もしないわけにもいかないし……。

小林は手を挙げたたくさんの学生のなかから、なるべく人畜無害そうな顔をしている男子生徒を指した。

「じゃあ、そちらの方」

「あのー……ニュー潮風が以前、ロボット博である女の人を助けましたよね」

男子生徒がわざとらしい前フリで始めた。それを受けて葉子がおどけたポーズを取ると、教室じゅうが沸いた。あのロボット博事件は全生徒に浸透しているようだ。

「ええと……あれって、どうやって危険を感知してるんですか？」

いきなり核心に迫る質問が飛び出した。小林は焦った。そんなこと答えられるわけがない。

「あのぉ……ええとですね……」

考えろ、考えろ、考え……ムリだ！

どんなに考えても何一つ言葉が浮かんでこない。専門用語は何一つ知らないし、うかつなことを言えば墓穴を掘るだけだ。背中を冷たい汗がツーっとつたった。

……どのくらい沈黙していただろうか。何か言わなくちゃ、と気ばかり焦ってまともに思考できない。すると、隣の長井が蚊の鳴くような声で言った。

「……あなたはどうやったと思います？」

質問に対して質問で返す、逆転の発想。よくやった！　と小林は長井を誉めてやりたかったが、本人もどこまで考えてのことだか。

男子生徒が頭をかいて答えた。

「えっ？　えーと、そうですねえ……エレベーターの監視カメラなんかで、異常が生じたのを映像から解析するっていうプログラムありますよね、ああいうものじゃないかと思うんですが……」

苦肉の策だが、偶然にも上手に話が転がり始めた。

「さすが！　よく分かったね。だいたいあれに近いやり方ですよ」

便乗して太田がだめ押しを決める。三人はホッとして顔を見あわせた。長井が手帳を取り出して、今の学生の言葉をさりげなくメモする。だが間髪入れず別の生徒が手を挙げた。

「でもあのぉ、あれだけのスピードで突然走ったりするのを見ると、相当なアクチュエータが必要だと思うんですけど……」

ロボットの基本構成要素として、脳に相当する「コンピュータ」、感覚器官に相当する「センサ」、筋肉に相当する「アクチュエータ」が最低限必要だ。三人はそんなことすら知らない。またしてもピンチ。何それ。小林は初めて耳にする言葉にとまどった。と、太田が持ち前の適当イズムでカバーに回った。

「あ〜……あー、アチュチュンーナ〜ね。いろいろあるけど、何を使ってると思いますか？」

質問に対して質問で返す、長井の作戦を踏襲する。

「えーと……あの軀体に収まるのは、やっぱりブラシレスＤＣモータですか」

すかさず別の学生が突っ込んだ。

「でもあの純正ドライバってデカいから、モータードライバを自作しないと無理じゃない？」

学生たちが侃々諤々《かんかんがくがく》と議論を始めた。小林たちにとっては、もう何がなんだかチンプンカンプン。ときどきうん、うんとうなずいて「分かってるふう」を装ってはいるが、実態はただの傍観者だ。

「ちょっとちょっと、アクチュエータの話の前にさ、どこのジャイロを使えばあんなふうに踊ったり自転車乗れたりするんですか？」

生意気な学生が再び小林のほうに矛先を向け、小林は言葉に詰まった。

「えっと……いい質問ですねぇ。んー……」

こういうとき、小林はアドリブがきかない。絶体絶命かと思われたそのとき、それまで黙って見ていた佐々木葉子が我慢できないように飛びこんできた。

「たぶんあれって三軸加速度センサとジャイロを併用してるんじゃないかと思うんですけど……ちょっと書いてもいいですか？」

葉子は立ち上がって教壇へ走ってきた。

「えっ？　あー、どうぞどうぞ」

渡りに舟とはこのことだ。小林は心からホッとして葉子をうながした。葉子が専門用語を機関銃のようにまくしたてながら、黒板に図を書き始める。

「まず足部《そくぶ》にニッタの六軸力覚センサでしょ？　で、回転型のアクチュエータにベルトを通して、ハーモニックドライブで動力を伝達してると。だとすると……アクチュエータはマクソンのブラシレスDCモータかな……」

黒板があっという間に図面や数式で埋まってゆく。

教室の隅のほうで講義を見ていた男子学生が、近くにいた友人の耳打ちを受けてから立ち上がった。

「あのさあ！　そこ、ブラシレスDCモータなら、ECシリーズなんじゃないの？」

「あ、そうか……サンキュー」

葉子が素直に黒板を書き直した。

「ええと……ZMPの方程式ってこんなんだっけ……」

次々と図面や部材を書き出す葉子の迫力に、木村電器の三人はただ圧倒されていた。

小林たちにとって、それは衝撃的な光景だった。ニュー潮風に助けられて一目惚れしただけの、ミーハーなロボットオタクだとばかり思っていたら……この娘《こ》はただ者じゃない。自分たちとは遠くかけ離れた、ロボット工学の最先端を走っている、女神だ。小林はなんだか自分たちのことが恥ずかしくなった。何も知らないのはこっちのほうなのに、変態扱いで彼女を煙たがっていたなんて。

四

講義が終了すると、学生たちは口々に感想を言い合い、楽しそうに帰っていった。

黒板にはニュー潮風の腰から膝、爪先までの構造が山ほどの部品と数式と一緒に書きこまれている。一部分は他の学生もサポートしたが、そのほとんどは葉子の手による想像設計図だ。小林と太田はさりげなく黒板を写真に撮り、長井が学生たちの持っているテキスト名をメモした。

ほとんど何を言ってるのか分かんなかったけど、なんか楽しかったな。学生たちの熱気にあてられたように、小林は不思議な高揚感を覚えていた。

そこへ一人の男子学生が興奮しながら三人に近付いてきて、黒板を指しながら言った。

「面白かったです！　両脚の機構、本当にこんな複雑なことしてるんですか？」

「ん？　そーね、かなり本物に近いよ」

太田が適当に答えた。小林は、いくら理工学部とはいえ、他の学生とは段違いに熱い葉子のことが気になって尋ねた。

「ねえ、あの娘《こ》はいつもああなの？」

「そうですね、まあ佐々木さんはちょっと特別ですよ。僕らロボ研一、いや学校一のロボットオタクですからね。卒論の研究テーマもニュー潮風にしたっていうくらいだし」

「えっ!?」

つい声が出てしまった。そういえば以前、ニュー潮風を研究のテーマにとかなんとかって言っていたような……。なんてことだ、あれは卒業論文のことだったのか！

「まさか本当に木村電器さんを呼んでくるなんて……アンチ二足歩行を代表する清水君まで見にきてましたからね！」

「清水？」

「あの、ブラシレスＤＣモータのタイプを指摘した学生ですよ。来てるのバレないように、隣にいたやつに発言させてましたけど。佐々木さんとは犬猿の仲なのに、やっぱりニュー潮風は気になるんですねぇ」

しゃべるだけしゃべると男子学生は満足して、教室の仲間に向かって誇らしげにピースサインを送りながら戻っていった。入れ替わるように葉子がやってくる。

「いや～、ありがとうございました。これ、今日の謝礼です。予定より学生が集まったんで……」

と分厚い封筒をわたした。受け取って中身を確認した太田の目が、とたんに輝く。葉子が続けた。

「あの……ちょっと相談なんですけど。今日の講義、みんなにすごぉく好評だったみたいで。またやってもらうことってできますか？」

それを聞いて小林は躊躇した。葉子の恐さをじわじわと感じ始めていたのだった。これ以上彼女と接触するのはマズいんじゃないか？　ニュー潮風の嘘を見破ってもおかしくない人物だ。しかし……この講義は、ニュー潮風を本当のロボットとして完成させるためにかなり役に立つ、いやむしろ、必要不可欠なのではとも思える……。

「もちろんＯＫ！」

考える間もなく太田が即答してしまった。現金に目がくらんでる。でも、そんなに簡単に答えを出していいものか？

「いや、まあ……だけど、だいぶスケジュールがたてこんでて……」

小林は黒板の図面を見上げながらまだ迷っていた。葉子が続ける。

「あ、日程は気にしないでください。大学の授業とは別なんで、けっこうフレキシブルに組めると思います。じゃあ、ちょっといいですか？」

葉子がスケジュール帳をめくると太田もさっさと手帳を開き、今後の講義の相談に入ってしまった。

シーン16　エンジニア、学ぶ

一

小林は太田、長井と一緒に書店内にあるロボット工学のコーナーにやってきた。

今までは敷居が高すぎて立ち入ろうとも思わなかった。どうせ読んだって分かるはずがない、とハナからあきらめていたのだ。しかし今はそんなこと言ってられない。ここでふんばらないとニュー潮風を完成に導くことができないし、なにより学生たちの講義についていけない。

実際に見て回ると、これほどたくさんのロボット関連の研究書があったのかと驚かされる。大学で盗み書きした長井のメモを頼りに、書籍を次々手に取った。これから、この本をすべて読破、勉強しなければならないのか……。小林は頭がクラクラした。そのなかから一冊開いてみると、あまりの難解さに絶句した。

「もうちょっと簡単なのも買っとこう」

太田が小中学生向けの本『きみも作れる！　ロボット入門』を追加した。

「あの、なんとかってソフトのマニュアルも買いましょうよ」

長井が太田の袖を引いた。

先日、緑山学園大学のパソコン教室を訪ねたときの話だ。

木村電器の三人は葉子に案内されて、学生たちがパソコンでロボットの図面を作っているところを見学した。その画像はフルカラーの３ＤＣＧで、しかもマウスでポイントをつかみ、移動させると仮想空間でロボットの動きがシミュレーションできる。これで図面を書けば、実物を作る前から動作の確認が可能だ。そのソフトは三人が見たこともない代物だった。長井がパソコン画面を指さして、あどけなく質問した。

「これは、なんていうんですか？」

その場にいた全員が凍りついた。学生たちがいっせいに長井の顔を見詰めた。

「えっ？　ＣＡＤ《キャド》のソリッドワークスですけど……」

ロボットを作っている人間なら知ってて当然のはずなのに……。皆そんな目をしていた。

「いやあ、あのときは焦ったよなあ」

太田が思い出して顔をしかめた。

ＣＡＤとは、今の世にあるさまざまな工業製品の製作過程になくてはならない図面作成ソフトだ。航空機や自動車、建築、家電製品からアクセサリーにいたるまで、多くの立体物デザインの中心的役割を担っている。それを知らないなんて学生にバレたら、えらいことだった。そのときは、

「それは分かってますよ。知らないわけないじゃないですか……」

と小林があわてて言い、なんとかとりつくろおうとしたが、知識がないので何も浮かばない。頭を真っ白にしている小林と長井を見て、太田がその場にあったジュースのペットボトルをこっそり倒した。机に置いてあったノートパソコンの上に、ジュースがドバっと広がった。

「あっ、あれ!」

「ひゃああっ!」

ノートパソコンの持ち主の学生が悲鳴をあげて教室じゅうがパニックになる。太田の機転と、生《い》け贄《にえ》の学生のおかげで小林と長井は命拾いしたのだった。

「おお、マニュアルマニュアル。これさえあれば俺たちだって……なあ!」

静かな書店に太田の根拠不明なかけ声が響いた。

二

ロボット開発部に、さっそくソリッドワークスという名のCADソフトが導入された。

しかしやってみると、これを使いこなすのには尋常ならざる努力が必要だった。マニュアルと何時間も格闘していたが、最初に太田が脱落し、次に小林がついていけなくなった。パソコン好きでニート体質の長井が、ここぞとばかり粘り強さを発揮した。

コミュニケーション能力がいささか欠如していた長井だが、人間社会とはまた別の場所に、活躍のフィールドがあったのである。十冊以上あるマニュアルを読みながら、長井は小林たちが寝入ってしまってからもがんばった。

「できた！」

深夜のロボット開発部に長井の雄叫《おたけ》びがこだまして、跳び起きた小林と太田は長井のパソコンに殺到した。パソコンの画面上には確かに3DCGができあがっている。まるでマッチ箱に棒を突き刺しただけのような、簡素な形状ではあるが。

「見てて」

そう言って、長井がマウスを扱ってポインターを棒の先に持ってゆく。そしてマウスをグルグル回すと、画面上の棒も同じ動きでグリグリと回転した。

「おぉ～っ！」

恐ろしく簡素なCGだが、三人にとってそんなことは関係ない。とにかくこのソフトを使えるようにはなったのだから。

三

「お～！　出てきた出てきた」

ロボット開発部にプリンターが導入されると、さっそく図面のプリントアウトが始まった。一度にプリントアウトできるサイズはA3サイズまでなので、全身を十六パーツに分けて壁に貼ってゆく。と、実寸大のニュー潮風が徐々に現れてきた。

つい先日も緑山学園大学の大教室で、「ニュー潮風はこうして作られた　その七」が開かれた。教室の外まで聞こえるような手拍子のなか、葉子や学生たちに混じって、小林たち三人は黒板の図面書きに参加していた。今や、木村電器の三人も学生に劣らぬ知識を身につけていたのだ。〝わが身かわいさパワー〟のなせるわざとはいえ、短期集中でよくぞここまで。次第にできあがってゆくニュー潮風の各部図面が、黒板いっぱいに広がっていった……。

今、目の前に貼られているのは、こうして学生たちと議論しながら詰めていった、本物のロボット図面だった。

小林と太田と長井の興奮は高まった。細かな部分はまだ未完成だが、ニュー潮風のほぼ全身図面が、自分たちの手でできあがったのだ。いつ間にか、三人はロボットのことが好きになっていた。はじめは〝保身のためしかたなく〟やっていたロボット巡業であり、大学の講義のはずだった。でも気がつくと、苦しさより楽しさが上回っていた。新しい知識を吸収し、それがダイレクトに仕事に活《い》かせる。こんな充実感、今まで生きてきて初めてのことだった。そんなことを口に出すのは恥ずかしいので黙っているが、三人にはお互いの気持ちがなんとなく分かった。

あんなにダメだった僕たちが、よくここまできたものだ！

小林は、声高らかに発表したかった。

シーン17　エンジニア、拒絶する

一

またロボット巡業が始まった。

ひなびた旅館の一室で、木村電器の三人は壁に貼ったニュー潮風の図面と格闘していた。浴衣《ゆかた》のすそがはだけるのも構わずに、ロボット工学の専門用語で口角泡を飛ばしあっている。

「CPUボードとインターフェイスボードはPCIのバックプレーンボードを通して接続すればいいんだよな？」

「でも、IMUはどうしよう？」

「USBとかRS－232Cで直接CPUにつなげば？」

「ああ、なるほどね！」

今や彼らは、以前の小林、太田、長井ではない。あの情けなくも悲しいロボットオンチとはまるで別人だ。

　そこへ浴衣姿の鈴木老人が鼻歌混じりにやってきた。

「おーい、近くにでかい温泉があるんだってよ」

　襖《ふすま》が開くのと同時に、三人はあわててニュー潮風の図面を体で隠した。浴衣をはだけて、まるでミケランジェロのフレスコ画のように絡みあった男たちは、どうみても妙な関係だ。

「……なにバカやってんだよ」

　鈴木が気味悪そうに眉をひそめた。

「あ、はは……。結束を高めようと思ってスキンシップをね……」

　太田が苦しまぎれの言い訳をした。すると、鈴木は三人のうしろに見える図面の一部に気がついた。

「お？　それ、なんだい？」

「あ、いや……なんでもないです。温泉、僕らはいいんでどうぞ行ってきてください」

　小林がなるべく優しい声を出して断った。

「あ、そう」

　鈴木が行ってしまうのを確認して、小林と長井が図面に向き直る。

　太田だけは一人、鈴木が閉めた襖をぼんやり見ていた。

「最近、爺さん意外なほどおとなしくなったよな……」

確かに、鈴木老人の以前のような傍若無人なふるまいはなりをひそめていた。あれを買ってこいだの、腰を揉めだのとうるさい要求がないぶんだけ、ロボットの完成に向けて集中できる。それは小林にとってありがたかった。しかし、鈴木に黙って主役交代の段取りを進行していることが、太田にはうしろめたいらしかった。もちろん、一日でも早く本物のロボットと交代してもらうのが木村電器チームの最終目標ではあった。予想外だったのは、いちばん「あのクソジジイ！」と言っていた太田に、鈴木に情が移った様子があることだ。小林だって、老人のためにも早く交代の時期を知らせてやるべきなのは分かっているのだが……。

二

鈴木は温泉への通路までやってきて、スリッパから下駄《げた》に履き替えてふと顔を上げた。

「うわっ！」

あまりに驚いて声を出してしまった。

下駄箱の上の壁に、異様なほど大きなおかめの面が飾ってある。しかも怪しいダウンライトに照らされて、世にも恐ろしい形相をしていた。鈴木はひらめいた。このお面でやつらを驚かしてやれ。

お面を顔にかぶって、忍び足で三人の部屋へ戻ってきた鈴木は、勢いをつけて襖を開けようとした。しかし、その手が止まった。隙間から見える部屋の壁には、ニュー潮風の中にぎっしりと機械が詰まった図面が貼ってある。

「背中のPCなんだけど、モータードライバに指令値を送るとしたら……」

「うん、デジタルデータをアナログに変換するDAボードが要《い》る」

「ここのエンコーダをインクリメンタル式にするならフォトセンサが必要だろ」

「で、その情報を受けるには、IOボードもってことになると、このバックパックに全部収まるかなあ……」

鈴木がそれまで見たことのないような快活さで、三人は話しあっている。

そうか、最近のあいつらのこそこそした態度は、そういうことだったのか。

……図面があるってことは、もうすぐ自分の出番はおしまいだということを意味する。

そもそもロボットをちゃんと完成させるまで、という条件だったからな……。鈴木は突然、機械に自分の居場所を奪われるような寂しさを感じて、そっとその場を離れた。

三

「大変だ！」

太田が息せききってロボット開発部に飛びこんできた。小林はうんざりした。

『厳重注意！　最近トイレ内で体を洗ったり、シャンプーをする人がいます。絶対にやめてください！　見付けた方は総務課に連絡を！』

近頃、木村電器のトイレにこんなポスターが貼られている。このポスターのせいで、太田は使うトイレを転々と移動していた。

「そりゃあ無茶な相談だ。帰る暇もなけりゃ、銭湯が会社の近所にあるわけでもない。こうでもしなけりゃしかたないだろうが！」

太田はプリプリ怒っていたが、会社のトイレに入ろうと思った社員が、洗面所で裸のデブと出会ったらそりゃあ驚くだろう。苦情の内線を受けるのは小林の仕事だった。案の定、太田の髪からはしずくが垂れている。

「またその辺のトイレ使ったんですか……」

「違うんだって！　もっと大変なんだ！」

太田が見とがめられてロボット開発部へ続く廊下をそそくさと戻っていると、見慣れない若者たちがちらほら目にとまった、という。皆リクルートスーツ姿で、『会社説明会』と立て札がある部屋へと吸いこまれていく。ああ、もうそういう時期なのか。なんだか自分がそんなものを受けたのが、遠い昔のことのような気がする。そんな感慨にふけっていると、背中をぽんぽんと叩かれた。振り返ると、どこかで見たようなリクルートスーツ姿の女性が……。

「おはようございます。思ったよりそんなに人多くないんで、ほっとしちゃいました～」

「あれっ？　ええと……!?」

一瞬誰か分からず、太田はまじまじと顔を見てしまったそうだ。

「それが佐々木葉子だったんだよ！　〃一応もう四年なんで、就活です〃なんて言ってたぞ！」

「えっ!?」

小林は驚いた。葉子がうちの会社を志望している？　それはマズい……のだろうか？

二時間後。太田は小林と長井を木村電器の玄関の陰にひっぱってきた。就職活動の若者たちが帰ってゆくのを眼光鋭く見送りながら、葉子の姿を探す。

「もし就職でもされてみろ。俺らなんかすぐ化けの皮、剝がされるぞ」

「いや、でももし彼女がニュー潮風のことをそこまで本気で考えてるなら、一緒にやるっていうのは……」

迷っていた。彼女の実力なら入社試験はらくらく突破するだろう。小林としては、葉子の入社はチャンスにも思えたのだ。いきなりニュー潮風の秘密を打ち明けるより、既成事実としてまず仲間に引き入れてしまえば、ロボットが偽物であるという事実は身内の恥になる。ニュー潮風を愛する葉子なら、内部告発より本物を完成させるほうを選ぶのではないか。小林は瞬時にそんなズルいことを考えた。

「あのなあ、そんな仲間ばっか増やしてどうすんだ？　今だってギリギリの状況でやってんだぞ」

太田が真正面から否定した。

「……そうですよ。鈴木さん一人でも危ないのに」

危ない橋を渡りたくない長井が同意する。今ある状況を少しでも早く、確実に打開しなきゃいけないのを、この人たちは分かっているのか!?　小林はじれったくなった。

「そうだ、だって図面まだ途中ですよ。あれどうするんですか？」

「それぐらい俺たちでなんとか、さ……」

「なんとかなってないから、いつまでも鈴木さんと手が切れないんでしょ？」

ついずばりと言ってしまった。太田が気色《けしき》ばむ。

「なんだとっ!?」

今にも喧嘩《けんか》が始まりそうなつばぜりあいになって、長井が止めに入る。

「ちょっとちょっと、こんなところで……！」

そのとき、葉子の姿が目に入った。小林の制止を振りきって太田が走り出し、声をかける。

「あのさ、ちょっといいかな」

太田に呼び止められて、葉子が振り返った。

「あ、さっきはどうも」

小林は歯噛みした。しまった！　太田にぶち壊しにされてしまう。

「就活するのは勝手だけど、本当のこと言うとさ、君全然ロボットに向いてないと思うよ」

「えっ……!?」

あまりに突然の発言で、葉子がキョトンとする。小林は太田の丸い背中にはばまれて、会話の流れにどうしても割って入ることができない。

「あ、それと。もう俺ら大学には行かれないから。悪いね」

太田が冷たく突き放し、長井と一緒に玄関へ戻っていった。呆然と立ちつくす葉子になんと言葉をかけていいものか分からず、二人のあとを追うしかなかった。

なんてことだ。頼みの綱のロボットの天才が、開発部の手からすり抜けていった。玄関口からそっと振り返ると、トボトボと肩を落として歩いてゆく葉子のうしろ姿が見えた。

シーン18　女の子、復讐の鬼と化す

一

緑山学園大学の中庭で人だかりがザワついていた。その震源は掲示板に貼り出された一枚の告知だ。

「理工学部特別講義『ニュー潮風はこうして作られた』は前回をもって終了となりました」

それを見た学生たちが騒いでいたのだ。

「え〜っ！　図面、あとちょっとで完成だったじゃん！」

「ちえっ。面白かったのになあ……」

口々に残念がる声が、通りかかった学生たちにも伝播《でんぱ》し、広がっていった。それだけニュー潮風をめぐる講義はモノ作りの魅力にあふれていたのだ。木村電器のエンジニアたちは、決して学生たちを高い場所から見下ろすような態度は取らず、「なぜそう思

う？」「あなたならどうする？」」、そんな身近な目線で一緒に考え、学生たちのクリエイティビティを引き出してくれた。

遠くにそんなざわめきを聞きながら、ロボット研究会の部室では葉子が泣きじゃくっていた。

葉子は嗚咽《おえつ》をこらえもせず、机の回りに飾ってあったニュー潮風関連の資料やら写真やらをゴミ袋に突っ込んだ。

なぜ木村電器の人たちに突然あんなことを言われたのか、本当に自分がロボットに向いてないのか、いくら考えても分からなかった。

もしかしたら何か勘違いをしているのかも……。いやでも、あのニュー潮風を作ったエンジニアが言うんだから、間違いないはずだ。ああ、これから何を目標に生きていけばいいのか……真っ暗なトンネルに置き去りにされた子どものように、葉子は絶望の淵《ふち》で泣きじゃくった。そんな葉子を、まったく事情の分からない友人の朋美がとにかくなだめた。

「ねえ急にどうしちゃったの？　泣いてばっかじゃ分かんないからさ。何があったのか話してよぉ〜。……もしかして、清水君？　フラれちゃったの？」

「わあああああーっ！」

葉子を慟哭《どうこく》させたのは朋美のノー天気な勘違いではなく、自分が手にした分厚いレポートだった。表紙には『卒業論文・自律型二足歩行ロボット「ニュー潮風」の未知環境における適応制御の考察　草稿』とある。葉子にとってそれは、相思相愛だと信じていた彼との、想《おも》い出《で》を綴《つづ》ったラブラブ日記のようなものだ。葉子はレポートをまっぷたつに破り、ゴミ袋にねじこんだ。

まだ勘違いしている朋美が、えんえんと葉子を慰める。

「やっぱりつきあってたんだ……。清水君よりいい男なんていくらでもいるよ！　だって、あんた辞めちゃったら、あんな男ばっかのなかに私一人になっちゃうよ！　そりゃあさ、私も清水君目当てでロボ研入ったのは認めるよ、けどさ……」

葉子は、ニュー潮風に関するすべての記憶を消し去りたかった。

手当たり次第に開けた引き出しの中に、小さなプラスチックケースがあった。インデックスに「ロボット博・マスターテープ」とある。ケーブルテレビの弥生からもらったあのテープだ。捨てようとして、中が空なのに気付いた。ビデオカメラの中に入れたままだったのだ。ビデオカメラから取り出そうと、涙で霞《かす》む視界で取り出しボタンを押した。つもりだったが再生ボタンだった。

「あれっ……なにこれ、もう！」

二度と見たくもないのに、あのロボットの姿が画面に映った。また涙がにじんできた。サヨナラ、私のニュー潮風。そう、このラストシーンまで見たらサヨナラだ。

ニュー潮風の頭にカメラが激突する映像が映って、葉子は泣き顔から驚き顔になった。

「………!?」

一瞬、おかしなものが映った。今の……なにっ!?　いや、涙のせいで見間違えたのかもしれない。

葉子は涙を拭いて、ビデオを巻き戻した。すると、やはりそれは確かに映っている。目を凝らしてもう一度巻き戻す。ニュー潮風の頭部にレンズが激突した瞬間、カメラのオートフォーカス機能によってピントが奥から手前にピタッと合った。そのときを狙って一時停止ボタンを押す。

接写の世界の中で映ったものは……髪の毛だった。

ロボットの頭の上に乗っているのではない。ニュー潮風の頭頂部のアルミニウム合金の継ぎ目から、一本の髪の毛が生えているのだ。

どういうこと……!?　それって、まさか……!　だとしたら、すべてのつじつまが合う。葉子の涙がピタリと止まった。

「……どうしたの？」

葉子の異変に気付いた朋美が聞いた。

「えっ!?　ううん。なんでもない……」

このことはまだ誰にも言えない、葉子はそう思った。このビデオに映った髪の毛一本で、ニュー潮風が偽装ロボットだと告発するには根拠が足りない。

さっきまで悲嘆に暮れていた葉子は、いつの間にか復讐心《ふくしゅうしん》をメラメラとたぎらせて興奮していた。


「手がかり、手がかり……」

その夜遅く。誰一人いなくなった学生クラブハウスの暗がりに、葉子の姿があった。ロボ研の部室のパソコンを使って、証拠となる糸口を探る。まずは木村電器のホームページから得られる情報……ニュー潮風のコンセプト、スペック、出演スケジュール、エンジニア三人のプロフィール……。何か分からないか。

メンバーの現住所が分かれば、家の周囲からほころびを見付けられるかもしれない。しかし当然だが、昨今は個人情報の保護が強化されているため、めぼしい情報は載っていない。太田と長井のプロフィールからは何も得られなかった。しかし唯一、小林のプロフィール欄にある一行にピンときた。

『自動車整備工場の長男として生まれる』

葉子は、彼の出身地にある「小林」と名のつく自動車整備工場をインターネットや電話帳でシラミつぶしにあたり、かたっぱしから電話をかけた。

「小林さんのお宅でしょうか？　そちらに小林弘樹さんはいらっしゃいますか……？」

何十回この言葉を繰り返したことか。もうこの方法はあきらめようか、と思った矢先のことだった。

「ええと、弘樹はですねえ、もうこの家を出ておりまして……」

年配の女性の声が答えた。

「えっ？　あ、その、もしかしてあの木村電器でロボットを作っている……」

「ええ、そうですけど。ほほほほ」

おそらく母親だろう。嬉しそうに電話口の女性が笑った。ロボットのことを聞かれて喜んでいることは、すぐに分かった。

「あのですね……私、高校のときに同じクラスだった者なんですが、こんど同窓会をすることになりまして。それで案内状を送りたいんです。今の住所を教えてもらうことって、できますでしょうか？」

ふうと小さく息を吐いて電話を置く。手元には小林が今住んでいるアパートの住所を書いたメモがあった。葉子にとっても嘘をつくのは気持ちのいいものではないが、あいつらに比べたらこんなのはかわいいものだ。……絶対にあの悪党どもの証拠をつかんでやる！　葉子は知らずしらず、メモを取る鉛筆をボキッと折っていた。

翌日訪れた小林のアパートは、遊具もないような小さな公園の脇にあった。

原付バイクを公園に停めて、二階への階段を上がった。廊下を進むと、扉に「小林」

と名前があった。郵便受けにはダイレクトメールやチラシがこれでもかと突っ込んであり、住人がかなりの期間、部屋に帰っていないことがすぐに分かった。ドアノブをつかんでみるが、当然鍵《かぎ》がかかっている。ふと足下を見ると、扉の前にゴミ袋が投げ出されるように置かれていた。

『小林さんへ　ちゃんと分別して捨ててください　大家』

と、怒りの感情むき出しの殴り書きで、メモが貼ってある。葉子はとっさにそのゴミ袋をつかみ、あたりに人がいないのを確かめて階段を駆け降りた。あいつらのしていることに比べたら、このくらいたいしたことじゃない。葉子のなかにある善悪のボーダーラインは揺らぎまくったあげく、かなりきわどい行動にまで勢いでＯＫを出すレベルになっていたが、知ったことではない。

隣の公園の片隅にしゃがみこんでゴミ袋の中身を入念に調べる。と、バラバラにちぎられた紙片が出てきた。

「？」

他のダイレクトメールとかはそのまま捨てているのに、これだけなんでこんなに細かく……。

ドキドキしながら袋の中からすべてのピースを集め、並べてみると、一枚の領収証が完成した。

「小林企画様　10月25日　¥１８００　本町公民館　会議室使用料」と記されていた。

二

「十月二十五日のぶんだけでいいんです。ずっと音信不通の兄が、こちらに立ち寄ったらしいんです……」

葉子が口からでまかせを並べたてて懇願すると、本町公民館の事務員の男は奥から貸し出し記録を持ってきた。

「ええと……二十五日ねえ。ああ、あった。小林企画さん……C会議室ですね」

「そのC会議室って、見せてもらってもいいですか？」

「えっ？　はあ、まあいいですけど……」

事務員はいかにも面倒くさそうに受付の部屋から出てきて、葉子を連れ二階へと上がった。

事務員の案内でC会議室へ入ると、しばらく使っていないのかカビ臭いにおいが充満していた。事務員が窓を開け放つとようやく古い空気が出ていって、葉子は口をおおっていた手を離した。

「あの……使用目的とかは分かりませんか？」

「さあねえ。何かの面接だとか、って言ってましたけど」

面接？　まさか偽ロボットに入りたい志願者を集めた？　でもそれって露骨すぎるんじゃ……。

葉子が部屋をくまなく調べると、ヒーターの下の細い隙間に何か落ちているのが、かすかに見えた。掃除の手が行き届かないほど奥のほうだ。服が汚れるのも構わず、床に寝そべって隙間に手を突っ込む。指先が何かをつかみ、立ち上がると……それは一枚の紙だった。ボディサイズを書きこむための身体測定用紙だ。不思議そうに事務員が覗きこんだ。

「何かありました？」

「…………」

葉子は紙をじっと見詰めた。パワーポイントか何かで即席に作られたらしい書式は未使用で、何も書きこまれていない。その面接とやらに使用されたものかもしれない。面接に参加したうちの誰か一人とでもコンタクトが取れれば、大きな前進になると思ったのだが……。

そのとき、窓から差しこむ光が測定用紙を斜めに照らした。葉子が目を凝らす。

「ちょっとすみません」

事務員の胸ポケットから鉛筆を抜き取り、測定用紙の上を薄くなぞった。紙の上に情報は書きこまれてはいないが、ペンによる筆圧で文字跡がクッキリついている。その痕跡をあぶり出しのように浮かび上がらせてみると……「村上俊輔」という男のデータがゾロゾロと現れた。

葉子は悪魔のような笑みを浮かべた。

三

電話をすると村上俊輔は「夜十時に市役所通りにあるコンビニエンスストアーに来てくれ」と葉子に告げた。

原付バイクで乗りつけると、村上はそこでバイト中だった。聞けば彼はフリーターで、コンビニと並行してできる短期のアルバイトを探していて、公民館での面接を受けたということだった。

村上から発せられた言葉に、葉子は自分の耳を疑った。

「着ぐるみショー……!?」

「うん、ロボット役だっていうんでかなり練習していったんだけど、ダメだったんだよねー。俺、金属アレルギーだから」

「どうして金属アレルギーだとダメなんですか？」

「どうしてって……ほら、衣装がさ……ん？　あれ？　普通、違うっけ……」

着ぐるみショーの衣装が金属でできているなんて聞いたことがない。しかもロボット役……これは核心に近付いてきた！　もしやと思い、ホームページからプリントアウトした小林、太田、長井の顔写真を見せた。

「あの……その三人の面接官って、この人たちでした？」

「えっ？　さあ……いちいちそんなの覚えてないよ。バイトの面接なんてしょっちゅうだからさ」

「……じゃあ、合格したのは誰だったか、分かります？」

「さあ……分かんないねえ」

もう少しのところで、手からツチノコの尻尾《しっぽ》がすり抜けていくような感覚にとらわれた。しかしながら、村上の証言から、かなりの状況証拠が揃ったことになる。葉子のなかでは、木村電器の三人は完全にクロになった。あいつら、やっぱりウソついてたんだ。

シーン19　女の子、味方をつける

一

連絡が取れない相手に会うことが、こんなにも困難だとは……。緑山学園大学のキャンパス内を、小林は作業服姿のままで学生に尋ね歩いていた。

「理工学部四年の佐々木葉子さんがどこにいるか知りませんか……?」

小中高の学生なら、何年何組の教室に行けばクラス全員がそこにいるが、大学はそんな仕組みではない。

ようやくたどりついたロボット研究会の部室の扉を、小林がおずおずと開いた。

「あの～……」

誰もいない様子だ。がっかりして引き返そうとしたとき、隅のほうからかすかな音が聞こえてきた。

キコキコキコ……。

猫がプラスチックをひっかくような音だ。小林が音のするほうへ近付いてゆくと、小さな二足歩行ロボットを動かしている男子学生の背中が見えた。音の正体は、そのロボットの足音だった。

「あの、すみません……」

ロボットのせいで小林の声が聞こえないらしく、男子学生は反応しない。

「あのっ！」

声を張りあげると、ようやく気付いてくれた。あわてて小さなロボットを隠し、うしろ手にスイッチを切った。

「えっ⁉ あ、はい……？」

あれ？ 彼って……「アンチ二足歩行ロボット」代表、っていわれてた学生じゃなかったっけ？ 確か清水とかいう……。

「こちらに理工学部四年の佐々木葉子さんはいらっしゃいますか？」

「あ、いや……最近見ないですねえ。就活じゃないですか？」

「そうですか……」

大学に来ても会えないなんて……。

小林はあの会社説明会の日以来、なんとかして葉子と連絡を取ろうとしていた。しかし携帯電話はずっと話し中で、いつからか電源が切れたままになっていた。

「えーと……？」

清水は小林をいぶかしそうに見ている。

「あ、お世話になってます。木村電器の……小林といいます」

清水は「ああ！」という顔をしたかと思うと、少しだけ煙たい表情をした。

なんだよ。二足歩行ロボットが嫌いだからって、僕たちまで……。でも彼に聞いても
これ以上の情報は得られそうにない。

「……どうもすみませんでした」

軽く頭をさげて清水に背を向け、小林はロボ研の扉を押した。

でもな……ここで帰ったら、それっきりかもしれない……。

逡巡《しゅんじゅん》していた小林は踵を返し、清水に向き直った。

二

久しぶりに会う佐々木葉子は、なんだか大変なことになっていた。
突然、弥生に会わせろと「Mケーブルビジョン」を訪ねてきて、「スパイ活動が」と
か「着ぐるみの陰謀」とか意味不明な言葉を吐き散らした。本人いわくそのせいで、目
は充血し、顔は吹き出物だらけ、髪の毛ボサボサだ。服はボタンをかけ違えていてしっ
ちゃかめっちゃかだった。

ニュー潮風の中には人が入ってるんです！　ニセモノなんです！　顔を合わせるなり目に狂気を浮かべて主張する葉子を前に、伊丹弥生は当惑していた。

葉子はビデオに映っているニュー潮風の頭頂部の髪の毛や、公民館の領収証や、着ぐるみショーの測定用紙など、自称「証拠物件」をたて続けに弥生に見せつけた。

「あの人たち、ロボットをバカにしてる。絶対許せない……すぐにニュースで流してください！」

「ちょっと！」

周りの社員たちが、明らかにうさんくさい視線をこちらに向けている。弥生は葉子の口をふさいで黙らせた。

「まあそうカッカしないの。そういう噂だったらさ、ちょっと前の新聞に出てたよ」

「ええっ!?」

弥生はデスクの上に山積みされている書類の地層から、新聞を一部抜き取った。葉子の前に差し出したのは、トンデモ記事で有名なスポーツ紙だ。一面にデカデカとニュー潮風の写真があり、『あの面白すぎるロボットは人造人間だった!?』と見出しが躍っている。

「くっだらない！」

葉子はプリプリした顔で即座にスポーツ新聞を投げ捨てた。

「でしょ？　あんたの持ってきた証拠とやらだって、そう思われてもしかたないわけよ」

「いや、だってこっちは本当に……！」

「じゃあ聞くけどさ。そんな単純な仕掛けだったら、なんでバレないの？」

「そこですよ！　そこ！　まさか人が入ってるなんて、バカバカしすぎて誰も思わないですからね！」

「うーん……もし本当ならそれこそ事件だよ。しかも相手は最近絶好調の木村電器でしょ？　ヘタに手を出してこっちがケガするのもねぇ……」

「………」

　弥生の食いつきのにぶさが信じられないように、葉子は言葉を詰まらせた。〝これだけ証拠が揃っているのに、どうして二の足を踏むのか？〟、そんな不満ではちきれそうな葉子の表情を読み取って、弥生は続けた。

「テレビってさ、ときどき取材やりすぎちゃって裁判沙汰《ざた》になったりするじゃない？こういうのはとことん裏を、つまり確証ね、そういうもんを取ってからじゃなきゃ。放送倫理とかいろいろ難しいのよ～」

　まあ、学生さんに言ってもしょうがないか。弥生はカッカしている葉子に証拠物件を突っ返し、作業途中だったフリップ作りを再開した。

「………んもおおおおおっ！」

うなりとも雄叫びともつかない声が聞こえたと思ったとたん、隣にいた葉子が鬼のような形相で携帯電話を取り出し、どこかにかけた。自動案内の音声が漏れ出る。

『こちらは木村電器、自動案内です。音声メッセージに従い担当部署を選択してください……』

「やっぱり通じない！　出ろよ！　このっ!!」

制御不能になった葉子はみずからの携帯に八つ当たりし、机の角に打ちつけた。弥生はあわてて携帯電話を奪い、音声を確認するとすかさず切った。

「ちょっとあんた、木村電器に〝おたくのロボット、あれ偽物ですよね〟って聞くの？　そんなことしたら証拠も何もうやむやにされちゃうに決まってるでしょ！　そのくらいのこと分かってて、ここまで調べたんじゃないの!?」

「あ……」

正論を言われて、ようやく葉子は落ち着きを取り戻した。もともと頭のいい娘《こ》なのだろう。そう思うと少しかわいそうになった。弥生は正面から葉子を見据えた。

「……しょうがないな。よし、分かった。じゃあ……望遠レンズとカメラなら会社のを貸してあげるから。あなた、連中に気付かれないで、確実に証拠になりそうな写真撮れる？」

しばらくの沈黙のあと、葉子はゆっくりとうなずいた。

シーン20　老人、狙われる

一

小林たちロボット開発部の三人は、木村電器の廊下を急ぎ足で歩いていた。五分ほど前に木村社長からの内線電話で、「緊急の用件」と言われて呼び出されたのだ。

それまで三人は、これからのニュー潮風の製作方針について火花を散らす議論をしていた。小林は、できるだけ早く鈴木に頼るのをやめ、巡業を休止してでも新しいロボット製作に集中するべきだ、そのためにも佐々木葉子を木村電器に招き入れないと完成は難しい、と主張した。対して太田は、今までうまくいっているのだから、やり方を変えずに鈴木と巡業を続けつつ、空いた時間をロボット製作にあてればいい。葉子に秘密を打ち明けるなんて墓穴を掘るだけだ、とまっこうから反対した。

長井はあいだにはさまれる形になり、困ったあげく、危険を伴う小林案よりも太田の意見に賛成した。三人がどこまで話しても決着はつかず、一触即発の緊迫した空気になったとき、社長からの電話でロボット開発部の内乱は急遽《きゅうきょ》中断されたのだ。

険悪なムードのままで社長室に到着し、ドアをノックしようとすると、待ち構えていたのか社長みずから内側からドアを開けた。

「おぉ、来たか」

珍しく深刻な顔をした社長を見て、これはただごとではないと小林は察した。

「これ見ろ」

三人を中に招き入れると社長は机の上に紙を放った。カラーでプリントアウトされたA4版の書類が数枚、ホチキスで留めてある。長井が手に取り、声に出して読み始めた。

「……木村電器製のロボット、新しい潮風は、日本においてはある程度の。利用できる人型ロボットのために、疑われた可能性より細かい……」

そのあまりに不出来な日本語に、脇から覗きこんでいた小林と太田も目を白黒させた。

長井が社長を見た。

「……これ、なんですか?」

「ああ、文章が変なのは翻訳ソフトのせいだ。広報の人間が持ってきたんだけどな、どうも海外のロボット研究者なんかがニュー潮風の映像をインターネットで見て、あれは偽物じゃないかって噂になってるらしい」

三人は愕然とした。

最悪だ。ついにこのときが来てしまった……！　やっぱり、今までバレなかったのは単にラッキーなだけだったんだ。

長井が貧血になりかけてグラリと上体をふらつかせた。それを横目で察し、小林と太田がはさむようにして体を支える。

「おい、ニュー潮風は大丈夫だよな？」

社長が小さな目をキッと開いて、真剣なまなざしを三人に向けた。

「……もちろんですよ！」

太田が額の汗をぬぐいながら笑顔を見せると、社長の険しい表情が、ようやく普段のカピバラ顔に戻った。

「……ああ、よかった。そんな妙な噂でこっちもケチつけられたくないからな、早めに記者会見することにした」

「えっ……!?」

また社長がやってくれた。最悪の上に最悪を二度塗りしてくれた。

「なぁに、心配しなくていいんだよ。こっちはちゃんとしたロボット作ってんだ。それを会見ではっきりさせればいいんだから。今週の土曜日、会場はいつもの建物でやるからな。洗濯物とか、みっともないものは片付けとけよ」

社長が罪のない笑顔でほほえみかけた。しばらく社長からのオウンゴール攻撃がなかったので、完全に油断していた。またしても絶体絶命のピンチが降りかかり、三人は内輪揉めしている場合ではなくなった。

二

「……重要なことですから、絶対！　守ってくださいね」

ロボットイベントを終えて、木村電器のワゴン車が街に戻ってきたのは日付が変わった頃だった。その日は一日じゅうイベントのはしごで忙しく、夕飯にありつけたのは帰りの車中でのことだ。鈴木の疲れも溜まっているだろうと、今回だけは特別に鈴木の家の前まで乗りつけることにした。普段は周囲の目を警戒して家までは送らなかったのだ。

その道中で、小林は週末の記者会見にいたった経緯を説明した。

「……というわけでメンテナンス中ということにして、ニュー潮風には会見を欠席してもらいます。その場にニュー潮風が登場したら、どんなふうに記者たちに調べられるか分かりませんからね。だから鈴木さんの出番はありません」

「ちぇっ、つまんねえなあ」

「すみません……」

鈴木の家の前にワゴン車が到着し、あたりをうかがいながら小林と太田がまず降り立った。付近に人影がないことを確認。長井に合図して、残念がる鈴木を車から降ろした。

「それで、あんたたちだけでその記者会見はぶじに済むのかねえ」

ロボットのニセモノ疑惑記者会見に当のロボットが出ないのだ。鈴木が心配するのも当然だが、「それには心配およびません」という自信に満ちた顔で太田が答えた。

「俺ら、今ならどんな突っ込んだ質問されても、たいていのことなら答えられるよな」

それに呼応するように、小林と長井も笑顔でうなずいた。鈴木老人は小林たちを心配そうに見詰めて何か言いたげにしていたが、やがて小さく頭を振ると、

「……じゃあな」

と家に入っていった。疲れてるみたいだな。小林は思った。早く本物を完成させなきゃ！

三

その様子を、遠く離れた電柱の陰で盗撮する者がいた。佐々木葉子だ。

連中に気付かれないようかなりの距離を取りながら、一日じゅうワゴン車のあとをつけ回してはシャッターチャンスを狙った。が、まだ決定的な瞬間は撮れていなかった。弥生に借りたケーブルテレビ所有の望遠レンズがあまりに大きすぎるうえに、オートフォーカスの切り替えスイッチが壊れていたからだ。三脚もなしに巨大で重たいレンズを構え、マニュアルでピントを合わせるのは至難のわざだ。

夜になってようやく、ワゴン車は怪しい家の前にたどりついた。葉子は原付バイクのエンジンをすみやかに切り、カメラを構えて電柱脇のゴミ集積所に隠れた。

よおし……。もしかしたらロボットの「中身」が帰宅するところが撮れるかもしれない！

葉子はとにかく木村電器の三人と、もう一人いる痩せぎすな人影に向けてシャッターを切った。昼間、イベント会場でワゴン車から降りてきたのは、いつものあの三人とニュー潮風だけだった。駐車中の車内を覗いたが誰もいなかった。……ということは、降りてきた四人目の人物がニュー潮風であることは間違いない！

しかし、どうしてもピントが定まらない。

「くそっ！　デカすぎるんだよバカレンズ！」

とレンズに八つ当たりしているうちに、木村電器のワゴン車が去っていった。それと同時に、もう一人の人物も家の中に入ってしまった。

「あぁ～……」

落胆の声を漏らしても、もう遅い。力なくカメラを地面に置くと、携帯電話が着信してブルブルと震えた。表示を見ると、弥生からだ。

「はい、私です」

『もしもし、そっちどう？』

「今、駅近くの住宅街です。今日一日追っかけてるんですけど……なかなか顔がはっきり分かる写真が撮れなくて……」

『分かった。私もすぐそっち行くから』

「えっ？　どうして……？」

葉子は打って変わって張り切った声を出す弥生をいぶかしんだ。決定的な証拠写真が撮れるまで、この女性ディレクターは動かないと思っていたのに。

『状況が変わってね。そこの住所教えてくれる？』

「えっ!?　ええと……」

あわててあちこちを見回すと、電柱に住所表示があった。

「ええと、言いますね。牧田上町《かみまち》……三の九の……」

読みあげていると、あの家の玄関からゴミ袋を持って出てきた人物がいる。

「あっ！　すみません、いったん切ります！」

携帯を切り、カメラをターゲットに向けると強引にファインダーの中に収めた。偶然ではあるが、ちょうどフォーカスの合ったポイントに向こうから入ってきてくれた。相手の顔がはっきり浮かび上がる。なんとそこには、頭髪は薄く、皺だらけの顔に不精髭を生やした、ヨレヨレの老人の姿があった。

「えっ!?　こんなお爺ちゃんなの……!?」

葉子は驚きつつも、老人を狙って夢中でシャッターを切った。こんな年寄りが、あのニュー潮風の中に入って全国を旅していたっていうの!?　どうして!?　なんでわざわざ老人を……?

短いあいだに次々と疑問が頭に浮かんだ。その間も休みなくシャッターを切り続け、気がつくとフレームの中に収まらないほど老人がアップになっている。

「んっ……!?」

ファインダーから目を外してようやく分かった。老人は葉子のすぐ近くまで来ていたのだ。老人が手に持っているものはゴミ袋、そして、自分がしゃがんでいる場所はゴミ集積所。老人がまっすぐこちらに向かってくるのは当たり前だった。

このままでは正面からカチ合ってしまう!

葉子はあわててあとずさった。ふと背中が何かに当たったのが分かったが、それが自分のバイクだと理解した瞬間すでにバランスを崩していて、葉子はバイクごとうしろ向きに倒れた。はずみで路面にもんどりうって転がる。

「痛《い》ててて……!」

葉子が上体を起こしたときには、目の前に車が走ってきていた。

パパーン!　という感情的なクラクションと強烈なハイビームが葉子に迫った。

ぎゃあああ!!　もう間に合わない!

その刹那《せつな》、老人が葉子の手をひっぱって歩道に助け上げた。車はギリギリの距離で二人をかわし、怒りの表明か、長々とクラクションを鳴らして走り去っていった。

老人の手を握ったまま、腰が抜けたように葉子は座りこんだ。

脳裏にロボット博の記憶がよみがえった。まるであのときと同じだ……！　間違いない。この人がニュー潮風だ……。

あれだけ自分が恋い焦がれていたロボットの正体は、この老人だったのか……。そして自分はこんな年寄りを追い詰めようとしているのか。しかも、危ないところを二度も助けてくれた命の恩人を。葉子は老人の目をまっすぐ見詰めた。私のこと、覚えてますよね？　目でそう訴える。しかし、老人は彼女をぼんやりと見返すだけで、なんの反応もない。

「あなた、大丈夫か？」

老人が聞いた。ということは、私に気がついていないの？

「あ、はい。ありがとうございます……」

「気をつけなさいよ」

そう言うと、「ええと……眼鏡、眼鏡……」と葉子を助けた拍子に落としたらしい眼鏡を拾い、持ってきたゴミを収集所に捨てて、家のほうに戻ってしまった。

私の顔が分からなかったのか？　ホッとしたような、残念なような心境で葉子は立ち上がり、服についたゴミを払った。

「あんた、転んだの？」

葉子がバイクを起こしていると、うしろから声が聞こえた。振り返ると、手に菓子折りを持った弥生が立っている。

「えっ？　あ、いえ……はい……」

葉子は今しがたの、老人との接近遭遇を弥生に報告すべきかどうか迷った。隠密捜査の最中《さなか》にホシと接触なんて、あってはならないことだ。でも老人に自分のことは気付かれてはいないようだし……。

「これだけ撮れてりゃ充分。へぇー、こんな年寄りだったんだ」

葉子の逡巡などお構いなしに、路面に転がっていたカメラを拾い上げ、弥生が嬉しそうに言った。モニターを見て写真を確認している。

「あっ……それは……！」

この追跡調査をいったん中断したい。葉子はそう思い始めていた。ニュー潮風の偽装事件は許せないが、中に入らされているあの老人に罪はないんじゃないか……。さっきの老人の顔を思い浮かべると、悪い人間とはとても思えない。弥生がモニターから顔を上げると、ちょうど老人が玄関に入っていくうしろ姿が見えた。

「あの家ね。ふうん。あ！　そうそう。木村電器、ニュー潮風の捏造《ねつぞう》疑惑で、急に会見することになったのよ。知ってた？」

弥生が突然そう告げた。

「えぇっ!?　じゃあ……アレ、本当にやるんですか？」

アレとは、弥生が考えた「写真がうまく撮れた場合の、ステップ2」だ。

「こんなチャンス、二度とないからね。あなたも来る？」

それは単純、これから老人の家を直撃することを意味していた。葉子はとんでもない、とかぶりを振った。何かもっと別の手はないものか。止めなくちゃ、どうしよう！　葉子が迷っているあいだに、弥生は巨大レンズつきのカメラをかついで、さっさと老人の家に向けて駆け出した。

「あぁ……！」

自分から言い出したことなだけに、葉子は唇を噛んで弥生の背中を見詰めることしかできなかった。

四

『鈴木重光』と筆文字で書かれた表札の下に、呼び鈴のボタンがあった。弥生は少し緊張しながら、そのボタンを押した。ほどなくして着替え途中の鈴木が玄関を開けて出てきた。

「はい？」

鈴木は「こんな時間にいったいなんだ？」といった、わずかに迷惑そうな顔をしていたが、弥生を見ると頰のあたりにほんのり色が差した。よし、警戒される前に手土産だ。しかもここらでは有名な和菓子屋のどら焼きである。

「ちょっとお話がありまして」

そう言いながら弥生が菓子折りを差し出した。鈴木はそれを見ると、頰をゆるめて喉をゴクリと鳴らした。

「おそれいります」

老人の警戒心が解けたのか、ただのエロジジイか、弥生は居間に通された。今になって臆したのだろう、菓子がついてくる様子はない。ふん、結局はシロウトなのよね。

「今お茶、いれますから」

そう言って鈴木が台所へひっこんでから、もう数分が経った。普段よっぽど来客がないのか、茶簞笥《ちゃだんす》を探って急須《きゅうす》や湯飲みを取り出す音がいつまでもしている。

弥生は座布団に座ったまま、見える範囲をぐるりと観察した。襖の向こうにチラリと仏壇が見えた。遺影には鈴木の妻であろうか、品のよさそうな老婆の姿がある。数えるほどの家具は古びていて、物もそんなに多いわけではない。

趣味はないのかな……。老人の一人暮らしなんてこんなものか……と少し憐れにも思った。いや、個人的な感情は禁物だ。よし、前置きは抜きですぐ本題へ入ろう。

弥生は葉子の集めた証拠物件をちゃぶ台に並べ、ノートパソコンとカメラをつないで今日一日の写真を時間軸に沿って見せられるよう準備して待った。

数分後、やっと鈴木が戻ってきたので、弥生は説明を始める。

「……朝に鈴木さんが乗りこんで、イベント会場では鈴木さんじゃなくてロボットと三人の社員。でもまた鈴木さんに代わってます」

パソコン画面に映し出された写真は、
・駅前で鈴木がワゴン車に乗りこむ（ピンボケ）。
・イベント会場の駐車場でニュー潮風がワゴン車を降りる。
・同会場の駐車場でニュー潮風がワゴン車に乗る。
・鈴木の家の前で木村電器の男たちに囲まれてワゴン車を降りる（これもピンボケ）。
・ゴミを出しに来る鈴木の正面。
せいぜいがそんなものだった。弥生自身、並べてみて「弱いな……」と思う。

「ゴミを捨ててるのはそうだけど、他のはねえ……これ、本当に俺か？」

確かにそう言われてもしかたがないが……ここまできては弥生も引きさがれない。

「アハハ、またまた。これだけ証拠が揃ってて、とぼけるわけにはいかないですよ」

茶をすっていた鈴木の手が止まった。老人の機嫌をそこねてはうまくない。弥生はことさらまじめな表情を作って、パソコンのディスプレイを閉じた。

「あっ。いえね、別に責めてるわけじゃないんです。お爺さんも着ぐるみショーだと思って面接受けにいったんですよね？　ということは、偽装ロボット事件の被害者です」

「そういうもんかね」

「それでですね……うちはローカルなケーブルテレビなもので、木村電器さんに取材申しこんでも、けんもほろろなんです。なんとかこんどの会見、うちのカメラも入らせてもらえないですかねえ？」

「俺が頼むの？」

「ええ！」

ほーら、すっとぼけてたけど、やっぱり木村電器と関係があるんじゃない。弥生はちゃぶ台の下で拳を握りしめた。

「誰に？」

鈴木が妙な疑問文を返してきた。あれ？　この人、分かってるのかな……。

「木村電器に！」

「あ、ああ……」

分かったような分かってないような返答が老人の口から漏れた。少しだけ違和感を覚えたが、弥生はとにかく話を前に進めた。

「まあそれでですね、そのときに私のカメラに向かって本当のことを公表していただきたいんです。協力してくれたら、鈴木さんは被害者だってことも含めてちゃんと報道させてもらいますんで。なので、この話は木村電器には秘密にしてください」

鈴木は躊躇しているようだった。……まあ初対面の女にいきなりこんな話されてもね、そりゃあ、とまどうよ。よおし、老人のくすぐりどころを狙ってやれ。

「鈴木さん、そんなに肩身狭そうに隠れてることないんですよ。世間はニュー潮風を見て、本物のロボットだって信じているんですから。それってすごいことじゃないですか。ニュースの主役ですよ！」

「俺が？　あ、そう……？」

鈴木が嬉しそうにほほえんだ。よーし！　暗に認めた！　だけでなく老人を完全に懐柔させたぞ。弥生はこのスクープがうまくいくことを確信した。

シーン21 ロボット、証明する

一

記者会見当日の、土曜日の午後。

駅前の大通りに面した近代的な高層ビルから、大勢の若者たちに混じって葉子は吐き出された。半導体メーカーの大手、グローバル・エンジニアリングの会社説明会が終わったところだった。木村電器と違って、数百人規模のリクルートスーツ姿の男女が闊歩《かっぽ》する壮観さだ。そんななかにあっても葉子は物怖《ものお》じせず、堂々としていた。よほどのポカミスをしない限り受かる自信があった。しかし、彼女は眉間に深い皺を刻み、少々恐い顔で歩いていた。グローバル・エンジニアリングに受かったとして、その先の自分が想像できない……。

暗い気持ちでいると、ふいに肩を叩かれた。

「よっ！　なんだよ恐い顔して」

葉子が驚いて振り返ると、リクルートスーツを着た清水だった。

「あっ！　いたの……」

同じ会社を受けるつもりなのか。清水ならきっと受かるな、葉子はそう思った。ということは、ここに入社したらまた同期になるわけか。それは決してイヤじゃなかった。ロボットの方向性でぶつかることは多かったが、互いにロボットを愛すればこその口喧嘩だったんだから。それだけ彼の能力を認めていたし、よきライバルとして尊敬もしていた。

似た者同士だからか、清水のほうも同じような心境でいるようだった。葉子のスーツ姿をまぶしそうに見たあと、いつもよりずっと優しい口調で言った。

「俺さあ、てっきりそっち木村電器に行くのかと思ってた。ニュー潮風にベタ惚れだったからさ」

「あんなやつ、もういいんだ」

グローバル・エンジニアリングを受けるということは、すなわち二足歩行ロボット作りに対する情熱を葉子が捨てたということになる。それを清水に冷やかされるのではないかとドキドキしたが、清水からそんなヤボな言葉は出てこなかった。

「おー、夢ばっか見てても食えないって分かったんだ。ロボット技術を応用することはあっても、ロボットそのものを作ろうなんて奇特な企業、今はほとんどないからな」

ニュー潮風のことはあきらめるしかない。今日の木村電器の記者会見は、葉子一人の力ではどうしたって止められるものではないのだから。

葉子の表情が冴えないのを見て、清水が思い立ったように切り出した。

「あ〜……そういえば、このあいだ、あんたを訪ねて木村電器の人が部室に来たんだった」

「えっ？」

清水が鞄を開けた。中からA４サイズの茶封筒を取り出し、一瞬ためらってから葉子にわたす。

「……なんか、もしあんたに会ったらわたしてくれって……ニュー潮風からのラブレターだったりして」

言っておきながらちっとも面白くなさそうな顔で、清水は葉子の反応をうかがうような表情をした。葉子が封筒を開封すると、中からはニュー潮風の新しい等身大図面が出てきた。覗きこんで、清水も思わず言った。

「んー、悔しいけどニュー潮風ってやっぱりすごいわ。よくもまあ、ここまで絶妙なバランスで収まってるよ……」

清水が歩み寄ろうと、あるいはもっと積極的に好意を見せようとしているのはオクテの葉子にも分かったが、生返事一つ返せなかった。ただ黙って葉子は、ニュー潮風の図面を凝視した。視界の端で、清水がしょんぼりと肩を落とすのが、かろうじて分かった。

葉子は突然走り出した。清水はもう、声をかけようとしなかった。

二

その頃、木村電器社屋の西の端、前は倉庫だったロボット開発部にはたくさんの取材カメラや記者が並んでいた。今まさに、ニュー潮風の偽装疑惑についての記者会見が始まろうとしている。テレビカメラは決定的瞬間を逃がすまいと、生中継の準備も万全だ。

小林は社長と太田、長井と並んで、扉の陰から彼らの様子をうかがっていた。もうすぐ出番の時間。マスコミ陣も緊張顔で声をひそめている。と、取材陣のあいだに携帯電話の呼び出し音が突然鳴り響いた。誰だ!?　携帯の電源も切ってないやつは!?　そんな目で記者たちが犯人を探す。

「すみませーん!」

皆の視線が一点に集中した。明らかに場違いな、自前のホームビデオを装備していた女性が、申し訳なさそうにバッグをまさぐった。それを見て社長があきれ声を出す。

「おい、あんなのも取材させるのか?」

「地元のケーブルテレビですね。急遽《きゅうきょ》追加で決まりまして……」

小林はMケーブルビジョンから来た女性記者の補足説明をした。女性記者はようやく携帯電話を手にして、留守録ボタンを押した。

記者たちの用意が整ったのを確認して、小林たちはおずおずと彼らの前に進み出た。

「えー……本日は、わざわざお集まりいただいて……」

とりあえず社長に話させておけ。なんだか分かんないけど、説得力というか、誰にも口をはさませない勢いだけはある。

しかし会見を始めて十分もすると、小林は自分の読みが甘かったと悟った。ロボット本体が一向に出てこないことに記者たちがいらだち始めたのだ。

「いつまで待たせるんですか!? ニュー潮風は出てこないんですか？」

記者の声に、社長がキッとして立ち上がった。

「そんなわけないでしょう。今どこにいるのかな？ ここらかな？」

そう言ってあちこちの扉を開け始めた。この人に暴走させちゃマズい！ 社長の行動を制するように、小林はマイクを握った。

「あっ、ええと……今日はメンテナンス中ですので、ここには来ません」

「えっ？ そうなの？」

真っ先に驚いたのは誰でもない、社長だった。

「それじゃ会見の意味ないじゃないですか！」

「どうやって証明するつもりなんですか!?」

記者たちから次々怒号が飛んだ。ロボット開発部の三人は、これ以上ないほどに肩をすくめた。

三

その少し前。葉子は繁華街を走りながら携帯電話を操った。

「あっ、もしもし……」

言いかけたところで弥生の声の留守電メッセージが流れる。

『はい、伊丹の携帯です。メッセージをどうぞ』

葉子は、なんとしても弥生の計画を止めたかった。自分から情報を流しといて、「心変わりしまして」なんて、タダでは済まないのは分かってるが、それでも止めなきゃ。

葉子は深呼吸すると、留守番電話に話しかけた。

「あの……ニュー潮風のことなんですけど、あれやっぱり……」

そのとき、どこからかニュースキャスターの声が聞こえてきた。

『えー、ただ今、木村電器の木村宗佑《そうすけ》社長と、ロボット開発部の社員が入ってきました！』

声のするほうを見ると、ビル壁面の大型ビジョンに木村電器の会見の様子が映っている。会見席に登場した社長と小林、太田、長井の四人にフラッシュの集中砲火が浴びせられた。

「えぇっ!? もう始まっちゃうの!?」

葉子はあわてて電話を切り、走って車道に飛び出した。

「そこのタクシー止まって!」

急停止したタクシーにすかさず乗りこむ。葉子を轢《ひ》きそうになった運転手は、強引に乗ってきた彼女に声を荒らげた。

「おい、なんだよ!」

「あの、すみません。木村電器までお願いします! 早くっ!」

葉子の迫力に気圧されて、運転手がアクセルを踏みつけた。

清水からわたされたニュー潮風の図面は木村電器の三人がこんどこそ本気であることを、なによりも葉子に語りかけてきた。鈴木が中に入っていたのだって、なにかそのときだけ、しかたのない事情があったのかもしれない。記者会見でニセモノと叩かれたら、木村電器のロボット開発は中止だ。ロボットが誰よりも好きな私が、ロボット作りの邪魔をするなんて……!

ああ! お願い、間に合って!!

ようやくタクシーが木村電器にたどりつくと、こんどは入口で警備員に止められた。

「あの……急ぐんですけど!」

「まずここに名前と連絡先、行き先の部署を書いてくださいね」

葉子の事情などまるで関知しない警備員の男が、ゆっくりとしたペースで指示をした。

ああああ！　もうっ。

焦りながらすべての項目を書きこむと、ようやく入館証がわたされた。ゲートオープンした競走馬のごとく、葉子はロボット開発部目指して突っ走った。

四

木村電器の暗い階段の踊り場で、鈴木は一人座っていた。

遠くから怒号が漏れ聞こえてくる。鈴木は、身につけているニュー潮風の外装パーツに乱れがないかを再び確認した。そしてマスクの顔部分を開け、ブツブツと台詞を練習した。

「……私がニュー潮風です。そう、私がニュー潮風なんです……。えー、私が……」

弥生の心配とは裏腹に、自分がキーマンであることはしっかりと自覚していた。まだまだボケてなんかいないない。

罵声が聞こえてくるロボット開発部に向かって歩きながら、鈴木は持参したラジカセのボタンを押した。

よし、行くぞ。

♪おて〜もぉ〜やあ〜〜ん〜
　大音量の「おてもやん」をバックに、ニュー潮風は扉を開けて踊り出た。
　木村電器の連中に怒り顔を向けていた記者たちは、こちらを向いて目を見張ったかと
　思うと、一転して大喜びの顔になった。木村電器が用意した演出だと思っているのだろう。

　へっ、単純なもんだ。

　あぜんとする小林、太田、長井とは対照的に、社長は大喜びだ。

「なあんだ、いるじゃないの！」

　カピバラが拍手した。おてもやんを踊り狂いながら、木村電器の三人が思わぬ番狂わせに立ちつくすのがちらっと見えた。

　たくさんのテレビカメラ、スチールカメラがロボットを遠巻きに撮影するなか、小さなビデオカメラを構え、ニュー潮風目がけてズカズカ近付く人物がいた。伊丹弥生だ。

　打ち合わせどおり。

「こんにちは〜、わあすごい。まるで、中に人が入ってるみたいですね〜」

五

　記者たちが、弥生のとんだスタンドプレーにざわめく。弥生は構わずニュー潮風に肉

迫し、両目のレンズの奥を覗くように見詰めた。

「中身、いいんですよね？」

「…………」

緊張しているのか、中にいる鈴木からの返事はない。弥生はニュー潮風の顔に手を伸ばした。横目でちらっと見ると、木村電器ロボット開発部の三人は顔をこわばらせている。社長が中腰になり、三人に尋ねる。

「あれ、何やってんの？」

「……さあ……？」

太田とかいう太ったエンジニアは汗だくになり、長井は真っ青な顔で長身をユラユラさせ、失神寸前に見えた。小柄な小林は、社長に何事か泣きついている。

「社長、止めたほうがよくないですか……？」

おっと！　邪魔が入る前にしとめるぞ。じゃあ、開けさせてもらいますよ。

弥生の手がニュー潮風の顔に届きそうになったとき、ロボットがふいにあとずさりした。

「……えっ!?」

今のって、自分からさがった？　まさかと思ってもう一度手を伸ばすと、こんどは確実に弥生を避けた。どういうこと!?　中に入ってるの、あのお爺さんよねえ？

そのとたん、ニュー潮風は弥生に背を向け走って逃げ出した。

「ちょっと、約束が……！」

追う弥生、逃げるロボット。ニュー潮風は室内にある冷蔵庫や洗濯機のあいだを巧みに通り抜けるので、なかなか追いつけない。これは面白いことが始まったぞ！　とばかりに、各局のテレビカメラが二人の追いかけっこをいっせいにとらえた。

バタン！　と音がしたので入口に目をやると、佐々木葉子がぜいぜいと息を切らせて立っていた。すがるような目を弥生に向ける。

「あっ！　あの……すいません！」

なにしに来たのか。まったくもう、みんな段取りというものがわかってないんだから！　弥生は焦った。

「静かに！」

葉子を手のひらで制し、ロボットに向けてカメラを回し続ける。

「ふざけないでください！　皆さん！　このロボットの正体をご存じですか!?　私は知っています！」

ニュー潮風が逃げ場を失い、じりじりと追い詰められた。そこへ木村電器の社長と開発部の三人が駆け寄り、ロボットと弥生のあいだに割って入った。社長が声を荒らげる。

「あなたねえ、何を勘違いされてるのか知りませんけど、このニュー潮風はわれわれが手塩にかけて作った、本物の二足歩行ロボットなんですよ！　それをインチキ呼ばわりされたんじゃ、まったくたまりませんよ……」

ニュー潮風が社長と三人の壁に守られ、会見席のテーブルまであとずさる。ドン。とテーブルに背中をついた。そのままスライドするようにさがると、会見用のマイクケーブルに足をひっかけた。おっとっと！　とつまずく。その姿をテレビカメラがとらえ、記者たちもニュー潮風のゆくえを見つめた。大きくバランスを崩したロボットは、放置された大型冷蔵庫のうしろに倒れこんだかと思うと、

ガッシャーーーーーーン！

止める間もなくガラス窓を突き破って外へ消えた。けたたましい粉砕音をたてて、ロボットが落っこちてゆく。

「あぁっ！」

その場にいた全員が息を飲んだ。木村電器の面々が蒼白な顔で窓に駆け寄った。弥生と葉子も後に続く。記者たちも、何が起きたか信じられないといった様子で窓に走った。

額に冷たい汗がにじんだ。弥生がそおっと下を覗きこむと、ニュー潮風は地面に無惨な姿でうつぶせに横たわっていた。

六

「いやああああっ！」

葉子は一声叫ぶと部屋を飛び出した。われ先にと、他の人々もロボットの転落現場に殺到する。

葉子がついたときはもう、ロボット開発部の三人と社長が駆け寄っていたが、ニュー潮風はピクリとも動かず、生命力をみじんも感じさせなくなっていた。葉子の全身から血の気が引いた。

あのお爺ちゃんを死なせてしまった……!?

思わず弥生を見た。さすがに弥生の顔色も真っ青だったが、気丈にも彼女は現場に近付き、恐るおそるニュー潮風の体を仰向けにした。ロボットの外殻が外れる。

葉子はギュッと目をつぶり、一瞬後に、一度は愛したニュー潮風に目をやった。中に入っていたのは、ロボットの骨格だった。モータやＣＰＵボードが破損して転がり出た。

どういうこと!?　詰問するような顔で弥生が葉子を見上げたが、自分にだってまるで見当がつかない。弥生に小さくかぶりを振ってみせ、混乱したまま目を上げると、小林が意味ありげに自分を見ているのに気付いた。いったい何が起きたの？　目で問いかける葉子に、小林はちらりと上の窓を見上げてみせた。"これには仕掛けがあるんだ"、小林の目がそう言っていた。葉子は周りに気付かれないように、用心深く窓を見上げた。

七

キイイッ。

開発部の部屋に誰もいなくなったことを確かめて、大型冷蔵庫の扉を内側から開ける。ニュー潮風の外殻をつけたままマスクだけ外すと、鈴木は会心の笑みを浮かべた。

そう、あのとき。ニュー潮風がマイクケーブルに足をひっかけてつまずいたときだ。彼は大型冷蔵庫の陰に回って、いったん全員の視界から消えた。実はそのときに冷蔵庫の中に隠してあった替え玉のニュー潮風と入れ替わり、窓から突き落としたのだ。

「なかなか味なことを考えるじゃないか……」

鈴木はあの晩、弥生からの依頼をすぐにロボット開発部の三人に打ち明けた。そして今日のために作戦を練り、コスプレ男の渡辺からコスチュームを譲り受け、替え玉ロボットの外装として着せたのだった。壊れて中身があらわになったニュー潮風を生中継すれば、あのロボットはこの世界から消滅したことになる。ニュー潮風という多機能ロボットの実態を証明することは不可能になる。

「でも、それじゃニュー潮風はもう会社の宣伝をできなくなるぞ？」

三人のことを思って心配する鈴木に、小林はきっぱりと言った。

「それでもいいんです。ゆっくり時間をかけて、自分たちの力で本物のロボットを作ります」

太田と長井も力強くうなずいていたっけ。それにしても、こんな作戦でうまくいくとは。いや、まだだ。あと少し。

八

あ、危なかった～！

会見が始まってすぐに、社長があちこちの扉を開けて回ったときには、替え玉ロボットが見付かりやしないか、鈴木と鉢合わせしないかとハラハラした。それとニュー潮風登場のときだ。おてもやんを踊りながら、なんて話は鈴木とは一切していなかった。せいいっぱい深刻そうな表情を作りながら、小林は内心で胸を撫で下ろしていた。勘のいい娘なのだろう、葉子は小林が目で訴えたメッセージを読み取ってくれたようだ。詳しい説明は後からしよう。

と、太田が突然しゃがみこんだ。え？　と思って目をやると、マズい！　地面に横たわった替え玉ニュー潮風のマスクの内側に、『コスチューム制作・ドリーム工房』の小さなステッカーが貼ってあった。太田は故人を悼《いた》むようにマスクをニュー潮風にかぶせて抱きつき、絶叫した。

「うおぅ、うおぅ、うおおおおう！」

泣き崩れる太田にならって、小林と長井もニュー潮風の亡骸《なきがら》にすがりつく。

あれ。太田さんてば、いつの間にかホントに泣いてるよ。あれ、長井さんも。小林が気付くと、自分も本当に涙があふれていた。面倒くさいクソジジイ、鈴木との思い出があとからあとからよみがえる。これで鈴木とも、ニュー潮風ともお別れなんだ。そう思うと涙が止まらなかった。

その姿があまりに悲しくて、社長も一緒になって泣いた。そんな四人を取材カメラがかぶりつくように撮影した。きっと、明朝の新聞には『ニュー潮風、転落粉砕　木村電器社員も号泣』そんな見出しが躍るのだろうと、小林は頭の片隅で考えた。

九

鈴木は私服に着替えて、木村電器の玄関まで出てきた。

ニュー潮風の外装は冷蔵庫の中に隠して出てくることに決めてあった。この次がうまくいったら、すべて終了だ。

目の前に警備員が現れた。どうしてこんな年寄りが社内をうろうろしてるんだ？　そんな目で鈴木をジロジロ見ている。目を合わせずにさりげなくゲートを通過しようとしたが、やはりそう簡単ではなかった。警備員が手を広げて鈴木の前に立ちふさがる。

「お爺さん、どっから入ったの？」

柔和な顔はしているが、言葉の芯《しん》は厳しかった。鈴木は緊張した。

「私ね、ニュー潮風なんです。ニュー潮風に入ってるの、私なんです……」

迷いこんだ耄碌《もうろく》ジジイを装い、練習した台詞を言う。

「えっ……？」

警備員が一瞬「わけが分からない」という顔をした。もう一度言う。

「私ね……ニュー潮風なんです、ニュー潮風に入ってるの私なんです」

警備員は、ようやく得心した。

「ああ……、もういいよ」

面倒くさそうに鈴木を手で追い払う。鈴木の演技でまんまと警備員を突破した。

ニュー潮風が大破したら、木村電器の三人はマスコミ対応に追われて鈴木を送っていくどころではなくなるだろう。爺さんが会社の敷地をうろついて誰かに怪しまれることを心配する小林に、鈴木は自分の演技力をアピールし、自力脱出をうけおったのだ。

さんざん認知症を疑われてイヤな思いをしてきたが、こういうときは役に立つもんだ。

鈴木はよぼよぼと歩いてゲートを通過すると、上着のポケットに手を突っ込んだ。両方の指に硬いものが触れる。握りしめた手を出して開くと、ネオジム磁石が四つコロコロと転がり、両手のまんなかでくっついた。

「……………」

この磁石がなくても、あいつらの味方についてたかな？

鈴木はロボット開発部の小林、太田、長井のことを思った。あのバカどもとも、もう二度と会うことはないだろう。そう思うと少し寂しい気がした。しかしまあ、この数ヶ月はけっこう面白かったな。

鈴木は自分でも気付かないうちに鼻歌を唄っていた。唄いながら、軽い足取りで街の雑踏の中へと消えていった。

シーン22　老人、笑う

一

　それから一年半が経った。

　コミュニティーセンターのステージでは、老人会の演劇発表会が催されていた。鈴木の娘、春江は夫の亮一、子どもたちと客席に並んで、今か今かと父親の出番を待っていた。

　鈴木の腰の具合はあれからずっと同じ調子で、よくなったり悪くなったりを繰り返している。本人が病院に湿布を取りにいくのを忘れるせいだ。整形外科の医師が心配していた認知症に関しては、どうやら取り越し苦労で済んだようだ。おかげで今年もこうして老人会の演劇に出演している。鈴木が言うには、〝ものすごい活躍をする〟らしいが、お話がいくら進んでも出てくる気配がない。

　クライマックスに近付いた頃、ようやく鈴木が舞台袖からひょっこり顔を出した。

〝村人その一〟といったところか。

「船が出るぞお〜」

そう一言いうと、あとは最後までただじっとうしろに立っているだけだった。

「またやられたよ」

と娘の美帆は文句を言ったが、カーテンコールでは祖父に人一倍大きな拍手を送っていた。

「お祖父ちゃんは、芝居っけとは無縁の人だからね」

そう娘に話しかけながら、春江は、なんとなく以前より元気になった父親の姿にホッとしていた。

二

一方、木村電器ではロボット開発部が本格的に再始動していた。

今日はケーブルテレビの取材ということで、女性のレポーター兼ディレクターが開発部にやってきて、今はカメラの前に立っていた。伊丹弥生である。

あのロボット転落事故の一件で、弥生はさすがにしばらく一線から退いていた。しかし、ニュー潮風の中継を見ていた視聴者から、たくさんのメッセージがMケーブルビジョンに届いたのだという。

「あのガッツのあるレポーターは誰だ？」「もう一度彼女の活躍を見たい」……そんな熱いラブコールのおかげで、今では収録スタッフを従えた立派なディレクターだ。弥生はマイクを握り、ビデオカメラに向かって合図した。

「……ということで、どこよりも早く新しいロボットの映像をお届けしようと、木村電器のロボット開発部にお邪魔しています。こんにちは～」

「こんにちは」

小林、太田、長井が挨拶する。彼女が出世したのに比べてこの一年半、三人にはまったく変化がない。続けて段取りのとおりに、小林にマイクが向けられた。

「えー、われわれはその後、頼もしい新人を得て四人になりました。紹介します。佐々木君！」

葉子がパソコンの載った台を押しながら現れた。

「こんにちは、佐々木と申します。よろしくお願いします」

僕らのいちばん大きな変化といえば、これだよね。

そう、葉子が木村電器に入社し、今やロボット開発部で中心的な役割を果たしているのだ。

弥生と葉子は目配せして、互いにうなずいた。

「えー……ではさっそく。これが、リニューアルした『ニュー潮風Ⅱ』です！」

葉子が人型のビニールをめくると、中から直立不動の人型ロボットが現れた。ニュー潮風になんとなく似ているが、より洗練されてスマートになったデザインが、小林には未来を感じさせた。太田が自信ありげな顔で引き継いだ。

「えー、あの転落事故から十八ヶ月、ようやくこの日がやってきました。ニュー潮風を復活させるべく、ほぼ同じフォルムで作りあげました。さ、じゃあ……」

合図をすると、長井がパソコンにコマンドを打ちこんだ。

ロボットのボディからかすかなギヤの音がして、なめらかに歩き出し、試験用ルームランナーの上に乗った。葉子がルームランナーのスイッチを入れ、カメラ目線で解説する。

「前回のニュー潮風のもつ高機能……視覚、聴覚、嗅覚《きゅうかく》、自転車も乗れるバランス感覚。それらをさらに発展させ、走りながら本を速読したり、将棋を差したりできるようにしました。運動能力を発揮しながら、頭脳も最大限に働かせることができます」

ルームランナーが動き出すと、ニュー潮風Ⅱがランニングを始める。長井が走るロボットにヒヨコを一羽ずつわたすと、細やかな手さばきで雌雄を見分けて箱に入れた。

「今では、走りながらヒヨコの雄と雌を見分けられるほどまで進化しています」

弥生もさすがに驚いたのか、カメラが回っているにもかかわらず、画面の中に映りこんでロボットの手元を見詰めた。小林は誇らしかった。

葉子が締めのコメントを言おうとせき払いする。

「えー……、今回は特別にデモンストレーションをお見せしていますが、正式な形での発表は来週の国際ロボット会議になります」

つまり弥生の所属するケーブルテレビが、最も早くニュー潮風Ⅱの姿を放送することになる。転落事故の際の借りを返したいと葉子が主張して、独占取材が決まったのだ。

正直、もっと大きなメディアで発表しろとカピバラ、いや社長からは言われたが、小林たちは葉子の気が済めばそれで満足だった。

「……あれ？」

気がつくと、いつの間にかルームランナーのスピードがグングン上がっていた。太田が叫んだ。

「あっ、やばい。止めろ！」

ニュー潮風Ⅱはルームランナーのスピードに耐えきれず、前のめりにコケた。

頭部がルームランナーの操作板に激突し、こんどははずみで、うしろにすっ飛ばされる。

呆然とする一同の目の前で、ニュー潮風Ⅱは宙を舞っていった。

そう、先代のように。

三

「そろそろ寝るか……」

演劇発表会は大成功のうちに終わり、簡単な乾杯をしたあと解散になった。春江や孫たちは、明日から旅行に行くとかでさっさと帰ってしまったので、鈴木は一人寂しく、もらった弁当を食べた。

風呂にも入ったし、腰の湿布も取り替えた。あとは寝るだけだ。布団にもぐると、茶簞笥の上に飾ってある写真が見えた。ニュー潮風と孫の二人が一緒に写っている写真だ。「お祖父ちゃんのおかげで宝物ができた」と去年、美帆と義之がわざわざ額装してくれたのである。鈴木は「そりゃあよかったな」とだけ言って受け取った。孫たちにとってだけでなく、その写真は鈴木にとっても宝物になっている。

この中には俺が入っていたんだぞ。それを誰も知らないなんて、最高じゃないか。

鈴木はそう思ってほくそ笑んだ。さあ、明日も生きるぞ。もう寝よう。布団に横になり、電灯を消した。

ピンポーン！

すると呼び鈴が鳴った。

「なんだ、こんな時間に……」

鈴木は不機嫌な顔をして起き上がった。

玄関を開けると、そこには葉子を先頭に小林、太田、長井が困った顔をして立っていた。葉子の両腕に抱えられているのは、ニュー潮風に似たロボットの頭だ。鈴木を見詰めていた葉子がおずおずと言った。

「鈴木さん……助けてください」

鈴木は、新しいことが始まる予感がして、ニヤリとした。

（おしまい）

あとがき

この本を読んでいただいて、ありがとうございます。

知らない人がいるかもしれないので、お知らせします。『ロボジー』という映画もありまして、「ニュー潮風」がどんな姿で活躍するのか気になった方は、映画のほうも併せて楽しんでください。

さて、この物語はどうやって生まれたのか。きっかけは一九九六年のある日のこと。のほほんとテレビを見ていたら、驚きの映像が流れてきました。

スタジオの中を、まるで人間のような自然な動きでロボットが歩いているのです。自動車メーカーのＨＯＮＤＡが、二足歩行ロボット「Ｐ２」を開発・発表した、というニュースでした。そのときの衝撃は今でも鮮明に覚えています。まさか、本物のロボットが実現するなんて！　それを大手自動車メーカーが、誰にも知られず粛々《しゆくしゆく》と開発していただなんて……。

それまでも〝ロボットと呼ばれるもの〟はたくさん世の中に紹介されてはいました。しかしどれもまだ開発途中の機械のかたまりだったり、もしくは可動部分のあるマネキンという感じ。しかし「P２」はそれまでとは明らかに異なる独立したキャラクターとして、二本足でふいに世の中に現れたのです。アニメや漫画に登場するロボットにはそれほど興味がなかった僕でしたが、これにはガツンとやられました。ついにこんな時代が来たのか！　おおげさかもしれませんが、世界が大きく変わったように思えました。

これを皮切りに、雨後《うご》の筍《たけのこ》のようにあちこちの企業や団体から人型ロボットが発表され、歩いたり走ったり、踊ったり、自転車に乗ったりし始めました。その動きや姿は、進化するにしたがって〝まるで人間そのもの〟に近付いてゆきます。高性能なロボットを見るにつけ〝ここまでくると、逆に人が中に入ってても分からないかも。もしかしてイベント当日、不具合になってスタッフが入ってたりして〟と、意地悪な想像をめぐらせるようになりました。それがこの物語の出発点といえるかもしれません。

二〇〇四年から取材をスタートし、「シーテックジャパン」「国際ロボット展」、早稲田大学、慶応大学、大阪大学、村田製作所、テムザック、安川電機、ヴイストン、産業技術総合研究所などへ伺いました。そのおかげで前半のクライマックス、「ロボット博」はリアリティとスケール感のある場面になったし、佐々木葉子のキャラクターが生まれたのも大学への取材がきっかけです。

インチキのロボットが活躍する話なのに、そこまで取材する必要があるのか？　と思われるかもしれませんが、キテレツな設定だからこそ、なんでもありになってしまってはいけないのです。リアリティの軸をしっかり据えておかないと、フィクションの振り幅が分からなくなってしまいますから。

ロボット先進国日本で、もしかしたら起こりうるリアルシミュレーションとしてこの物語を作ったつもりです。今あなたが目にしているロボットだって、本物かどうか……。ホラ、だんだん世界のどこかでインチキロボットを作っている奴《やつ》らが本当にいるような気がしてきませんか？　ただ、中にお爺さんを入れるのだけはやめたほうがいい。ロボットとジジイは、〝混ぜるな危険！〟ですから。

矢口史靖

解説

濱田岳

「あのジジイ」

愛情と尊敬をこめて、鈴木重光老人のことをそう呼ばせてもらおう。あの、うしろめたくも熱狂した日々、ぼくたちは確かに仲間だった。

矢口史靖監督の作品に、スーパーマンは登場しない。ものわかりがよくて頼りになる、人生の先輩としてのお年寄りも出てこないし、エリート会社員もいない。そこにいるのはどこにでもいる、どちらかといえばダメな人だ。主人公の苗字はいつも「鈴木」。気の弱い男子高校生、田舎のズボラな女子高生、うだつのあがらない副操縦士……そして今回、日本中にたくさんいるであろう、むっつりと一人暮らすジジイのささやかな冒険が映画『ロボジー』になり、本書になった。

映画でぼくが演じた小林弘樹は木村電器の新入社員。エアコンのICを担当するはずが社長の鶴の一声で「ロボット開発部」に異動になる。そこで待っていたのは「空気を読まないデブ」の太田浩二・元洗濯機の営業と「気の弱いノッポ」の長井信也・元梱包担当だ。チビが「小」林、デブが「太」田、ノッポが「長」井。なんとわかりやすい。

ダメ社員の三人は、社長の思いつきでロボット博に出展するロボットの開発を命じられたが、こんな寄せ集めメンバーにロボットなんて作れるはずがない。どうにか形だけはできたものの、肝心の中身はロボット博の一週間前に不幸な事故で大破した。さてどうする!?　ここからが作家、矢口史靖の本領発揮。いったい、他の誰が「ロボットの中にジジイを入れてごまかす」という発想にたどり着けるだろうか。

当時、脚本を読んであらためて実感したのは、矢口監督に突出する二つの才能だ。HONDAのP2（ASIMOの前身）を見て「おじいちゃんの動きみたい」と思ったという発想力と、それを一本の映画にしてしまえる（それもヒットさせる！）商業映画作家としての実力である。

矢口作品に参加できるのは役者として光栄だし、その現場は想像以上に過酷で、想像を絶するほど楽しかった。

鈴木老人とぼくらダメ社員三人組は行動をともにすることが多いので、当然、ロボット「ニュー潮風」と、太田を演じた川合正悟（お笑い芸人・チャンカワイさんの別名）さん、長井役の川島潤哉さんとぼくの四人は一緒に待機することが多い。撮影は冬、ロケ地は九州といっても日本海に面する北端だから、気温はしばしば氷点下になった。ある晩、木村電器のワゴンに乗って待機中、「寒いなぁ……」と思っていると、隣に座るニュー潮風から妙な音がする。

「カタカタカタカタカタカタ……」

ニュー潮風に入っているのは、鈴木重光役で主役デビューした五十嵐信次郎さんだ。はたから見ればロボットが座っているのかもしれないが、実は七十三歳のお年寄りが全身タイツ一枚きりで、熱を伝えやすい金属片に囲まれて座っているのである。

「まずい！　ジジイが震え始めた！」

ぼくは焦った。そこには役者・濱田岳でなく、物語どおりのケチな陰謀の首謀者、小林がいたと思う。そんなふうにぼくら三人組は演技を超え、ジジイへの愛情をいやおうなく深めたのだった。

それには俳優の五十嵐さんこと伝説のロック歌手ミッキー・カーチスさんの明るさ、気さくさのおかげもあった。女子大生・佐々木葉子を演じる吉高由里子さんがふっ切れる、五十嵐さんがさらにぶっ飛ばす、吉高さんがもっと壊す。おかげでぼくらデコボコ三人組も楽しく作品に入っていけた。

完成した作品を試写で観ると、今度は観客として素直に笑えた。必要以上に長いヨダレや、密室で放屁《ほうひ》後、すかさず回るニュー潮風のファン。矢口作品らしい小ネタが満載。きっと監督は、ほくそえみながらこれらのカットを入れたに違いない。

そう書くと「自分は映画を観てないから、わからないよ！」と怒る読者の方もいるかもしれないが、安心してほしい。そんなあなたのためにこの文庫がある。

今回、文庫化された『小説　ロボジー』をあらためて読んで、こうした小ネタはもちろんのこと、各登場人物について映像化されていないエピソードが書きこまれている点に魅了された。映画でぼくたちが作りあげた小林、太田、長井とはまた少し違う、人間臭くてキュートな人たちが躍動しているのだ。

小林は「気の弱そうな見た目と柔らかな人当たりでオブラートに包まれているけど、実はズル賢くて恐いやつ」だと他の二人に怯《おび》えられているし、「我慢ということを知らず」、当初、とことん鈴木老人をバカにする太田の場合はその恥ずかしいコレクションとささやかな恋の顛末《てんまつ》を暴露されている。長井は「パソコン好きでニート体質」「コミュニケーション能力がいささか欠如していた」とされ、それゆえにあの、物語全体のターニングポイントとなる場面で「……あなたはどうやったと思います？」と、世にも無責任な問いを投げかけることができたのだと納得できる（どんな場面だったかは本書、もしくはＤＶＤでご確認ください）。

そう。『小説　ロボジー』では、登場人物の情けなさや狂気を映像で伝えられない分、作家・矢口史靖氏のちょっと意地悪でユーモラスな文章によってまた新しい世界が立ち上がっていたのだ。なんと三番目の才能、「文才」にも恵まれていたとは！

『ロボジー』でぼくがいちばん好きなところは、「物語が終わっても、たぶん何も変わらない」世界観にある。どこにでもいるダメな会社員たちと偏屈な老人が仕方なく騒動に巻きこまれ、とてつもなくジタバタするけど、終わってしまえばきっと彼らはいつもの日常にもどったのだろうと思わせるところ。

小林たち三人はせっぱ詰まっても失敗を白状できず、保身のために嘘をつく。それもロボットに体の小さな老人を入れてしまえ！　というバカな思いつきだ。追い詰められたら誰でもしてしまうような、小ずるくて場当たり的で小市民的な発想をおバカな三人組は本気で実行に移す。パニクって開き直る小林、巻き込んでおきながらジジイのトロさに切れる太田、窮地で判断停止にいたる長井の性格はそれぞれ、ぼくたち全員のなかにある「弱さ」「情けなさ」を増幅して三人に割り振っているのだ。だから観客はこのインチキがばれやしないかと感情移入して物語を楽しむことができる。エリートビジネスマンが老人をロボットに入れたら（入れないだろうけど）洒落《しゃれ》では済まないが、「私かもしれない」と思えるほど身近でおバカな三人組だったからこそ、本作はハートフルコメディとして成功した。

矢口監督は以前、あるインタビューで自作について「気持ちの旅を楽しんでもらいたい」「プロパガンダになってしまうのが映画の怖いところ」という趣旨の発言をしている。マイケル・ムーア作品のように観客の価値観を揺さぶるのでなく、観客が映画館でドキドキワクワクして、上映が終わったらまた普段と変わらない日常に帰っていけるような映画作りを心がけているのではないだろうか。

鈴木老人はニュー潮風に入ったからといって、特に人間的に成長したわけではないだろう（なかなか成長が難しい年齢でもあるし）。ぼくらが演じた三人組のその後も、罪の意識にさいなまれて真面目にロボット開発にいそしんだり、ＪＡＸＡ（宇宙航空研究開発機構）に転職して技術を磨いたりはしていないはずだ。カピバラ社長にあっさり異動させられ、ブツブツ言いながらまったく別の仕事をしているかもしれない。

そして鈴木老人と三人組のあいだに生涯続く友情が生まれたかというと、たぶんそんなこともない。老人の葬式にあの三人が出席したとは思えない、そう思わせる空気感がとてもリアルだ。

ごく普通の人たちがちょっとした非日常に巻きこまれ、ジタバタして、熱い日々をすごす。その熱さや濃さが登場人物のあいだに化学反応を起こして、胸をとどろかせるような思いを共有する瞬間。その奇跡の瞬間を矢口監督は鮮やかに描く。

小説の後半、初めて自分たちの手でロボットの図面を描きあげ、小林は感激する。

「あんなにダメだった僕たちが、よくここまで来たものだ！」

青春映画の金字塔『ウォーターボーイズ』、『スウィングガールズ』を思い出すまでもない。『ロボジー』は普通の人たちが普通でなくなる瞬間を描いた、まさに「おじいさんの青春映画」なのである。本書『小説　ロボジー』はその意味で、上質な青春小説だともいえる。映画『スタンド・バイ・ミー』で少年たちが冒険を終えていつもの街角で別れ、その後の人生は交錯しなかったように、老人もダメ社員もそれぞれ平凡な人生へと帰っていくだろう。だからこそ、この瞬間は美しくかけがえない。次第に心を通わせていく彼ら四人や純粋な感情をぶつける彼女の姿に、観客や読者は「自分にも起きるかもしれないドラマ」を観るのだ。

一見した矢口監督はしかし、とてもそんなたくらみをもっているような人には見えない。ハーフリム眼鏡の奥の視線はいつも静かで、何を考えているか、わからない。でもきっと、あの眼鏡を通してぼくらに見えないものが見えているのだと思う。人のずるさ、悪い癖、ダメな性格……誰にでもあるそんな弱点を監督は興味深く観察し、再構成し、最終的には「そういう私たちだからこそ起こる小さな奇跡」の物語に換えてみせる。そして聖人君子でないぼくたちは、矢口監督の作品に救われるのだ。

ん？　ひょっとしたらあの眼鏡に不思議な力が……。うーん、だとしたらあの眼鏡、欲しいぞ。

（はまだ・がく　俳優）

本書は、二〇一一年十二月、書き下ろし単行本としてメディアファクトリーより刊行されました。

編集協力　安倍企画
　　　　アルタミラピクチャーズ

デザイン協力　堀田弘明

集英社文庫　目録（日本文学）

宮子あずさ　卵の腕まくり　看護婦だからできることIII
宮沢賢治　銀河鉄道の旅
宮沢賢治　注文の多い料理店
宮下奈都　太陽のパスタ、豆のスープ
宮下奈都　窓の向こうのガーシュウィン
宮田珠己　ジェットコースターにもほどがある
宮田珠己　だいたい四国八十八ヶ所
宮部みゆき　地下街の雨
宮部みゆき　R. P. G.
宮部みゆき　ここはボツコニアン 1
宮部みゆき　ここはボツコニアン 2　魔王がいた街
宮部みゆき　ここはボツコニアン 3　二軍三国志
宮部みゆき　ここはボツコニアン 4　ほらホラHorrorの村
宮部みゆき　ここはボツコニアン 5 FINAL　ためらいの迷宮
宮本輝　焚火の終わり(上)(下)
宮本輝　海岸列車(上)(下)

宮本輝　水のかたち(上)(下)
宮本昌孝　藩校早春賦
宮本昌孝　夏雲あがれ(上)(下)
宮本昌孝　みならい忍法帖　入門篇
宮本昌孝　みならい忍法帖　応用篇
三好徹　興亡三国志一～五
武者小路実篤　友情・初恋
村上龍　テニスボーイの憂鬱(上)(下)
村上龍　ニューヨーク・シティ・マラソン
村上龍　ラッフルズホテル
村上龍　すべての男は消耗品である
村上龍　龍言飛語
村上龍　エクスタシー
村上龍　昭和歌謡大全集
村上龍　KYOKO
村上龍　はじめての夜　二度目の夜　最後の夜

村上龍　メランコリア
村上龍・中田英寿　文体とパスの精度
村上龍　タナトス
村上龍　2days 4girls
村上龍　69 sixty nine
村田沙耶香　ハコブネ
村山由佳　天使の卵　エンジェルス・エッグ
村山由佳　BAD KIDS
村山由佳　もう一度デジャ・ヴ
村山由佳　野生の風
村山由佳　きみのためにできること
村山由佳　キスまでの距離　おいしいコーヒーのいれ方I
村山由佳　青のフェルマータ
村山由佳　僕らの夏　おいしいコーヒーのいれ方II
村山由佳　彼女の朝　おいしいコーヒーのいれ方III
村山由佳　翼　cry for the moon

集英社文庫　目録（日本文学）

村山由佳	雪の降る音 おいしいコーヒーのいれ方Ⅳ
村山由佳	緑の午後 おいしいコーヒーのいれ方Ⅴ
村山由佳	海を抱く BAD KIDS
村山由佳	遠い背中 おいしいコーヒーのいれ方Ⅵ
村山由佳	夜明けまで1《ワン》マイル somebody loves you
村山由佳	坂の途中 おいしいコーヒーのいれ方Ⅶ
村山由佳	優しい秘密 おいしいコーヒーのいれ方Ⅷ
村山由佳	聞きたい言葉 おいしいコーヒーのいれ方Ⅸ
村山由佳	天使の梯子
村山由佳	夢のあとさき おいしいコーヒーのいれ方Ⅹ
村山由佳	ヘヴンリー・ブルー
村山由佳	蜂蜜色の瞳 おいしいコーヒーのいれ方 Second Season Ⅰ
村山由佳	明日の約束 おいしいコーヒーのいれ方 Second Season Ⅱ
村山由佳	約束 ―村山由佳の絵のない絵本―
村山由佳	消せない告白 おいしいコーヒーのいれ方 Second Season Ⅲ
村山由佳	凍える月 おいしいコーヒーのいれ方 Second Season Ⅳ
村山由佳	雲の果て おいしいコーヒーのいれ方 Second Season Ⅴ
村山由佳	彼方の声 おいしいコーヒーのいれ方 Second Season Ⅵ
村山由佳	遥かなる水の音
村山由佳	記憶の海 おいしいコーヒーのいれ方 Second Season Ⅶ
村山由佳	地図のない旅 おいしいコーヒーのいれ方 Second Season Ⅷ
村山由佳	放蕩記
村山由佳	天使の柩
群ようこ	トラちゃん
群ようこ	姉の結婚
群ようこ	でも女
群ようこ	トラブルクッキング
群ようこ	働く女
群ようこ	きもの365日
群ようこ	小美代姐《こみよねえ》さん花乱万丈《からんばんじょう》
群ようこ	ひとりの女
群ようこ	小美代姐さん愛縁奇縁
群ようこ	小福歳時記
群ようこ	母のはなし
群ようこ	衣もろもろ
室井佑月	血《あか》い花《はな》
室井佑月	作家の花道
室井佑月	ああ～ん、あんあん
室井佑月	ドラゴンフライ
室井佑月	ラブゴーゴー
室井佑月	ラブファイアー
タカコ・半沢・メロジー	もっとトマトで美食同源！
毛利志生子	風の王国
茂木健一郎	ピンチに勝てる脳
望月諒子	神の手
望月諒子	腐葉土
望月諒子	田崎教授の死を巡る 桜子准教授の考察
望月諒子	鱈《たら》目《め》講師の恋と呪殺。 桜子准教授の考察

集英社文庫　目録（日本文学）

集英社文庫　目録（日本文学）

集英社文庫　目録（日本文学）

集英社文庫　目録（日本文学）

集英社文庫

小説《しょうせつ》　ロボジー

2016年12月25日　第1刷　　　　定価はカバーに表示してあります。

著　者　矢口史靖《やぐちしのぶ》

発行者　村田登志江

発行所　株式会社 集英社
東京都千代田区一ツ橋2-5-10　〒101-8050
電話　【編集部】03-3230-6095
【読者係】03-3230-6080
【販売部】03-3230-6393(書店専用)

印　刷　株式会社 廣済堂

製　本　株式会社 廣済堂

フォーマットデザイン　アリヤマデザインストア　　　マークデザイン　居山浩二

ISBN978-4-08-745526-7 C0193